聞香識味

李夏 著

自序

李夏，中國雲南昆明人，上世紀六〇年代出生。「文革」中長大，少年所受教育屬不堪。其間隨母親「下放」農村，初識民間疾苦。中學畢業被送農村「接受貧下中農再教育」，國家恢復高考後考入技工學校，在工廠當電工；後考起公務員，其間又考入大學法律系。目前從事法律業務。

翹首回望，個人生活境遇，身分及思想的變化，皆因改革開放。繼續改革開放，確是我中華民族的唯一出路，而能夠正視直言卻是基本的社會氛圍。無奈國人即便心知肚明，也不敢說，「憑直覺，敢於憑自己良心說話」竟成奢望。長期的「統一思想」，人們自然早沒了思想。

不吐不快。曾經的散文集《我夢中的小河》，現在這本《聞香識味》，因為是說「夢」，是講「吃」，想來應該問題不大。

目錄

聞香識味

Contents

Contents

01

黃燜雞

人們疲憊不堪，只有那句傳話：「到通關吃黃燜雞」，才能提振大夥的精神，所有的疲憊可煙消雲散。

雲南各地會做黃燜雞的人很多，各有各的招數。

首先食材要好，斤把的土雞（一公斤左右）；公雞要沒開叫的，母雞最好是「筍母雞」（準備下頭窩蛋的小母雞）。這個時候的雞，雞肉緊實細膩，味道香甜。老的太柴，小的則味道酸，都不好。

原先昆明到版納，要經過墨江境內的通關。這有幾組很大的坡，統稱為「通關坡」。高速公路開通之前，來往的車輛這坡非爬不可。特別貨車、國產車，把所有的力氣都用上，各式各樣的怪聲音都弄了出來，這坡還是難得爬上去。

人們疲憊不堪，只有那句傳話：「到通關吃黃燜雞」，才能提振大夥的精神，所有的疲憊可煙消雲散。

通關坡涉及的那幾座大山，屬於哀牢山的一部分。山裡生物多樣性，草木蟲蠅很多。居住這裡的哈尼人，習慣把他們的土雞在大山裡野放。哈尼土雞，保留有很多原雞的成分。雞個頭不大，腦袋特小，雞毛濃密，嘴和爪子非常鋒利。這雞的肉和骨頭都是黑的，雲南人稱之為「烏骨雞」。晚上這雞就飛到樹上休息，第二天要宰的雞，頭天晚必須設法逮住，先關起來。這雞就是山珍。

通關的店家就用這種哈尼土雞來做黃燜雞。擱乾辣椒、花椒、蔥薑蒜等佐料，先把雞塊炒香，再放上本地黑糊糊神祕的醬，蓋上鍋蓋燜四十來分鐘，「通關黃燜雞」即可出鍋。

有一次我帶了兩位朋友到通關。到的時候有點晚，店家已經關門，我還是敲開了門，並要了兩隻雞。兩朋友不約而同地問我：「我們就三個人，兩隻吃得完嗎？」他倆都是第一次到通關。

終於，店小二端上來那兩隻燜好的雞，還有一大碗公綠綠的蘸水苦菜。吃到最後，碗裡就只剩一塊「梳梳」（雞翅膀），倆人竟還同時舉筷去拈。「你來」、「你來」。

筷子停在空中，大家相視而大笑。

大理「三月街」，有人手拎活雞在排隊，只因為前面有人掛了「永平黃燜雞」的招牌，大夥竟排隊等著店家現做。由於新修的高速公路不經永平，許多人不再專門去永平吃黃燜雞，但在其他地方，只要豎起「永平黃燜雞」的招牌，一樣有人排隊。可見永平黃燜雞影響之大。

永平黃燜雞講究雞肉水分的把握，要保持雞肉的彈性與嫩勁。先把雞塊放在鍋裡乾炒，火要大，掌握好時間，迅速去掉多餘的水分；然後佐料、雞塊再放在一起炒，鍋大油寬。當然還要放上特製油黃清亮的醬料來燜。臨了給客人再配上幾頭店家專門醃製的甜蒜。下飯喝酒，客人隨意。

還有就是「昭通黃燜雞」。

單身漢時候，江晉給我們做過。昭通黃燜雞講究要放洋芋，洋芋則先要用油過一下，形成一保護層，以防洋芋煮爛。

昭通黃燜雞，由於放了洋芋，雞味反倒被提正。就像當下人們愛說的「充滿正能量」。雞自不用說，洋芋也極好吃。於是便有人模仿搞什麼「洋芋雞」、「黃燜雞米飯」。記得曾經囂張一時的有「東東洋芋雞」，但現在已經不見了蹤跡。分析原因，就是因為其沒有扎實的黃燜雞做底，放洋芋什麼的就來得太膚淺。

再就是食材不行，雞是用飼料餵的！我曾經代理過陝西某公司與雲南某企業的買賣合同糾紛。該陝西公司「核心」飼料是浙江金華生產的純化工產品。雞吃這種飼料，只要四十天便可長成。

人會不分白天黑夜地用燈照著那雞，讓雞不知時辰，不知休息，只知道啄那飼料。很快雛雞就長成一大隻肉雞！但那雞肉稀拉鬆的，不僅酸，還有一股子腥味，十分難吃。

各地做黃燜雞都要用本地土雞，因而無論到哪，吃雞的人首先要問：「格有[注]土雞？」「是不是飼料餵的？」

有一夥人到農家樂休閒，進門一男士照例問女老闆：「格有土雞？」女老闆環顧四周，很詭異的說：「我就是。」

我把這段子說給緝私警員聽，最後回饋回來的版本略有變化。女老闆回答：「有的，都在後面洗澡。」

注：雲南話，「有沒有」的意思。

02

「將軍樓」與「泰緬專作」

「將軍樓」的「將軍」是國民黨而非共產黨，國民黨丟掉了天下，將軍樓也失去了保留下來的可能。

昆明東風西路一二七號煤氣公司院內，原來有一座L型的小洋樓，有昆明人叫它「將軍樓」。

傳說這小洋樓是本世紀二、三〇年代，鼎鼎大名的民國將軍何應欽、杜聿明所建。兩位將軍的關係非常鐵，在昆明又各自養有一房姨太太，於是聯手共同建蓋了這座L型小樓及其庭院。

小樓及其庭院的主要建築材料是磚木，也有些石材。我印象中它的走道、房間、窗戶，庭院裡的回廊、水池花壇、院牆，設計得很別緻。西式小樓稜角分明，房間通透，採光好，便於居住；中式庭院，講究東方人的聚合歸屬感，溫馨而幽靜，讓人流連。

L型小洋樓的兩條邊，兩人各占了一邊。每一邊樓上樓下兩層，共有七、八個房間。房間的大小和結構不盡相同。每一邊的頂端，最朝外的那間房，比較大一些，顯然的是活動間。最記得有一邊的活動間是圓型的，可以容納十多個人。

將軍樓及其庭院，背對著現在的東風西路，面朝瓦倉莊方向。它有一面的院牆是雙層的，有臺階通往上面。上面的平臺可以放好幾張小圓桌。過去，在這院牆上即可看見對面的瓦倉莊、大觀河和西壩河；也可眺望遠處的滇池。夕陽下的河畔田園美景，直接映入你的眼簾。

L型小樓與院牆共同圍起了一個半開放的庭院。庭院裡建有別緻的回廊和水池；栽了梧桐和芭蕉，回廊上面爬滿紫藤，藤蔓上開著一些紫色的小花。小樓及其庭院整體刷成了一種土黃色，時光歲月使它顏色斑駁。

雖是西式建築卻透著東方元素，這建築特別符合國人「抱陽，避風，聚氣」的風水追求。不知是何人的手筆？

那時候，將軍樓及其庭院被青鳥餐飲公司承租下來，開了個餐廳，名為「泰緬專作」，經營泰國菜和緬甸菜，它的菜品有濃濃的西餐味。

在不同房間，庭院和院牆，公司擺設了各式餐桌椅子，桌布的款式顏色也不相同。餐廳的女服務生，頂著斜紋碎花的頭巾；男服務生細長的脖頸上，也像女生那樣繫著一小塊漂亮方巾。很是特別。

賈鑫銘／繪

我喜歡在院牆上，或是在庭院裡的紫藤下用餐。特別在雨後，看著那斑駁的牆面，聽著雨打芭蕉的殘聲，聞著烤麵包的飄香，一個人在那發呆。也經常在這談事。

一天晚上，我仍是來這裡會客。忽然聽到院牆上有人叫我：「領導，你也來啦？」

我尋聲看去，叫我的是單位的同事唐方。一張桌子除唐外，其餘五、六個全是年輕女士。原來那天是給唐方介紹對象，他沒相中，想解脫困境，所以叫我。

「這麼多女士，就你一位男的，這不是資源浪費嗎？」我自己抬手拉過一把椅子坐下；為擺脫尷尬，我給大家講了個有趣故事：

「都說『癩蛤蟆想吃天鵝肉』，意思這是不可能的事。」「但有一隻癩蛤蟆偏偏不這樣認為。牠整天琢磨這事。」「怎樣才能吃到那美味的天鵝？」

「終於有一天，牠想出了辦法。」

「這時正好有天鵝從這隻癩蛤蟆頭頂上飛過，癩蛤蟆沖著那天鵝大叫了一聲！」「那天鵝隨即掉到了地上，癩蛤蟆一嘴（一口）就把牠吃掉啦。」

「請問各位，這隻癩蛤蟆叫了一聲什麼？」

大家面面相覷，沒人回答。

「那癩蛤蟆喊道：『喂！你沒有穿胸衣！』」「那天鵝忙遮擋自己的胸部，於是便從天空掉了下來。」

這天，我認識了在座的所有女士。

青鳥公司這「泰緬專作」，在昆明頗有些名氣。我所認識的新老朋友有許多喜歡到那裡用餐。餐廳風格確實獨特，味道也確實很好。傍晚時分，這裡常常有歌手的歌聲和小樂隊的和聲傳出。

有一次我在那裡請兩位美女吃飯。兩美女是戴了墨鏡進來，直到花園裡坐下，她倆也還沒把眼鏡摘下來。我對她們開玩笑：「請把眼鏡摘下來，不然大家會以為我是帶了兩個盲女來這裡。」她倆連忙把眼鏡摘了。其實她倆的眼睛長得很漂亮。其中一個是我所認識美女中，眼睛最大的。

轉眼，將軍樓已經存在了七、八十年。小樓被有關部門認定為危房，面臨被拆除的命運。怎麼辦？那房東，公有制下的煤氣公司，自然不會為將軍樓存亡真正操心；作為承租人的餐飲公司倒是很焦急，期望將軍樓繼續存在，老闆甚至想把將軍樓作為文物申報。

傳說將軍樓主人之一的何應欽先生，係民國一級上將，擔任過民國的許多要職。蓋小洋樓的財力自然沒有問題，但何的懼內在民國是出了名的，民國官場中何被稱為「第一好丈夫」、「一生無女色之好」。

因無子女，其妻王文湘曾主張給何納妾，但「被何怒斥」。王文湘係原貴州督軍王文華之妹。王文華對何應欽有提攜之恩，且王夫人受過良好教育，知書達禮，並無富家小姐驕奢之氣。她與多數民國權貴關係很好，特別是和民國第一夫人宋美齡。宋美齡曾饋贈書畫給她，而宋的畫作是從不隨便送人的。

何將軍安敢在外面養小？

杜聿明將軍在昆明的情況還沒有去考證。對杜聿明將軍的印象：忠於蔣介石，非常聽校長的話，對黨國嘔心瀝血。對共軍的作戰，除四平戰役外，老吃敗仗。遼沈、淮海戰役的表現基本上是灰頭土臉的，最後在一九四八年被俘虜；在功德林監獄關到一九五八年。

我們也不該忘記，杜將軍在這之前抗日的昆侖關戰役，殲寇四千餘人——杜將軍的後代確實給將軍長臉，楊振寧先生是他正二八經的女婿。

關鍵的問題，「將軍樓」的「將軍」是國民黨而非共產黨，國民黨丟掉了天下，將軍樓也失去了保留下來的可能。

那一年，小樓及其庭院被徹底拆除。

十多年過去，我又來到這裡。

這裡依舊空著，成了一個停車場。小樓及其庭院的遺跡尚存，留下來的磚頭、石頭隨處可見。

夕陽殘照，那情景著實令人感傷。

03

帝王之聲

專制獨裁的帝王，給我們帶來這麼深重的災難，不停的思想管控，終於把我們帶向了愚昧。

#「帝王之聲——韓磊」。

看著歌星韓磊的巨幅廣告，我不禁陷入沉思。韓的歌聲深沉、幽遠，那聲音確實好聽。它與眼下流行的李玉剛之類的娘娘腔完全兩碼事；賀尊那種難分男女的中性聲音，雖也很有市場，但聽了之後，我總感覺像有螞蟻慢慢地爬上背脊。

有導演安排韓磊給一些帝王電影、電視劇配唱，為帝王唱些個頌歌。韓因此受到大眾熱烈追捧，但怎麼最後他的聲音就直接「化成」了帝王的聲音？

帝王是天子，不是凡人，帝王之聲歷來神祕，周圍的人一定會用心營造呵護，故意讓普通人很難聽得到。幼時我就沒聽到過偉大領袖的發聲，能經常聽到的，當然也就不能算是帝

王。

帝王的聲音如何動聽，歷史書上沒有多少記載；反倒是書上記載，秦始皇的聲音像鷹，像豺！那該是多麼恐怖，多麼令人膽寒？殺戮無數，焚書坑儒的秦始皇帝，才會有如此聲音。他的聲音應該最能代表帝王。

在電影〈荊軻刺秦王〉中，演員李雪健學秦始皇尖叫了一回，聲音嚇人。李後來便被查出得了鼻咽癌。可知帝王聲音是不好隨便摹仿的。

帝王聲音不會好聽的再一原因，是因為嗓子這東西一定要天天練習。帝王整天驕奢淫逸；為私欲野心開疆拓土，哪有時間像韓磊先生那樣練聲？

說來可悲，國人的帝王情節依依。帝王電影、電視劇；作家二月河還有「帝王系列小說」，「篡改歷史，跪頌帝」。為帝王們大唱頌歌，好東西腆著臉也要往帝王身上貼。

其實這是哪跟哪啊?!

專制獨裁的帝王，給我們帶來這麼深重的災難，不停的思想管控，終於把我們帶向了愚昧。先輩們流血犧牲才將其推翻。如果帝王獨裁真的好，繼續皇權制度算了。又何必費那個勁？

真是諷刺。

04

腸旺麵

雲貴川都有腸旺麵，味道也有相似的地方，比如味道都比較重，麻辣味。特別腸旺麵是當地很多女士的最愛。

昆明翠湖邊，圓通街與北門街的交叉處，原來有一家不起眼的小館子，所賣的腸旺麵很好吃。附近有很多人愛來這裡，以前我和妻也來過多次。這天我一人又尋了來。

這館子還在，店面裝修依然，但桌椅換了。原來是實木的桌椅，店家說搬到其他分店去了。我很疑惑，莫不是已經換了主人？

我問店家：「可還有腸旺麵？」我要了一碗腸旺麵。恰巧，這時電話響了，接完電話回來，那碗腸旺麵已經放在了我的面前。

很大一碗麵條，上面確有幾塊的豬血、豬腸子，只是胡亂切了切，白軋機的[注]，沒有什麼顏色。

我有些發暈。

「這就是你家的腸旺麵？」我問。「是啊，」店家有些不解。

動也未動，我直接結帳走人。

原先這家的腸旺麵我仔細觀察過。

和其他家的不同，他家腸旺麵所用的新鮮細麵很特別，昆明並不多見。那麵顏色略黃，並不順溜，一根一根，彎彎的有些零亂；麵條有點乾，像是有意晾過，故意要去掉一些水分。

記得把麵煮好，挑麵的時候，師傅會撒上適量的綠豆芽，這樣柔和的麵條便有了一些青脆，口感很好。豬血和豬腸子，被切成很規整的丁丁；還有豆腐乾和脆哨（五花肉精心煉的油渣），也切得同樣大小，整整齊齊。麵裡一勺豬血，一勺豬腸子和豆腐乾，再加點脆哨。臨了，師傅還笑眯眯地給你澆上自家特製的紅油。

那碗腸旺麵實在令人難忘。

做事講究堅持，不堅持能做出好東西來？國人為何都變得這麼無常？

雲貴川都有腸旺麵，味道也有相似的地方，比如味道都比較重，麻辣味。特別腸旺麵是當地很多女士的最愛。我要說貴州的腸旺麵真的好吃，翠湖邊那家店，明顯地就有貴州腸旺麵的影子。

上世紀九〇年代，曾經在貴陽幫助工作八十天。當地同仁帶我們吃了貴陽的很多小吃：「絲娃娃」、「豆腐園子」、「辣雞米粉」等等，印象最深的還是那裡的腸旺麵。做得精細，味道特好。兩相比較，昆明的腸旺麵做得粗糙，差勁；但也有例外。

早先就在單位的旁邊，北京路與豆腐廠巷交叉的口口，也有一家店賣腸旺麵的，店名「大廠腸旺麵」。

這家的腸旺麵在昆明很有名。他家只有很小的兩間房，房子已破舊不堪。店裡擺不下，也就乾脆沒擺桌椅，只在朝北京路的一面開了兩扇門（窗）營業，麵條就從這窗戶裡遞出來給你，雖然沒地方坐下吃，但這一點也不影響他家的生意。

吃麵的人，都是端得（著）麵，找地方站著或者蹲著吃，就在北京路的邊上。大家都專注著手裡的那碗麵，沒人說話，只有眾人吃麵發出的「咂」、「咂」一聲，吃完多數人一口氣把那碗湯喝完，碗筷就地一放，舔鼻子走人。

這家的生意異常火爆。他家的腸旺麵，有濃濃的桂皮香，湯特別的甜。他家豬旺子、豬腸子也倒是胡亂切切，大塊大塊的，但嫩得很。真的很過癮。

我想吃腸旺麵。

注：雲南話，「平淡素白」的意思。

05

「麥子黃，釣魚忙」

傍晚時分，斜陽殘照。在墨綠色青山的映襯下，那水庫又呈現出異樣的光澤。水庫的景色雖然美，但它也讓人感覺到淡淡的荒涼。

這天早上九點多，李海在八街「五一」水庫釣到一尾金色大鯉魚！這魚足足有五公斤重。李海忍不住在朋友圈曬了那魚。其實他喜歡，也最懂得與人分享。

我連忙舉手：「準備什麼時候吃魚？」那天約好，就在水庫邊吃那尾鯉魚。我隨即駕車去了五一水庫。

這水庫離我們下鄉插隊的地方並不遠，但這已經屬於山區。過去我聽說過這水庫，但沒有去過，那時由於交通不便，去一趟還是很困難的。

水庫少不了稜角分明的水泥大壩，和被它圈起來的寬大水體。在過去水庫是「階級鬥爭」的焦點，水庫大壩就是階級敵人打壞主意，隨時想要爆破的地方。因而過去就是到了水庫，能不能上到大壩上還不一定，有時要憑大隊開據的證明，證明你不是階級敵人。

水庫大壩上，通常有背步槍的鐵姑娘基幹民兵在警惕巡邏。圍繞水庫大壩，政工幹部編織了許多階級鬥爭的傳說。那時我一上大壩就會感覺緊張，內心衝動，設想如何發現搞破壞的階級敵人或者階級異己分子，然後我如何誓死保衛公社的水庫大壩。當然最好最後不要犧牲。

這回到了那水庫，我們並沒有去大壩，而是到了水庫對面的小山上。站在這裡看那水庫，我很是驚奇。

眼前的水庫，就是一個大一些的天然池塘。

它靜臥在幾座小山當中，整個呈細長的月牙形。水清澈的綠，因水庫裡，水庫邊，滿是水草和不知名的植物，那水更顯幽深和神祕。水庫和它背面的小山，幾乎完全看不見人活動的蹤跡，看不見基幹女民兵巡邏的身影。

因為四月是旱季，水已然退去很多。水庫的這頭，暴露出塘底，上面長出了一層嫩綠的青草，有兩頭水牛在悠閒地啃食那青草，牛兒的身邊跟了幾隻白色的鷺絲，正在專注的捕蟲。村民告訴我，現在已改用機械耕作，水牛不用再幹活了，所以閑放著吃草。我真為牛兒高興。

遠遠地直望到月牙的盡頭，才隱約看見水庫大壩。

傍晚時分，斜陽殘照。在墨綠色青山的映襯下，那水庫又呈現出異樣的光澤。水庫的景色雖然美，但它也讓人感覺到淡淡的荒涼。

眼前的景色似曾相識。我忽然想起來，梵谷在他的畫作中確實描繪過這畫面；再細琢磨，這水光山色，更似中國古人在古詩詞裡吟誦的淒美。

村民告訴我「這水庫是五一年挑的」，「因而叫五一水庫」。當時沒有用任何機械，水庫硬生生是村民用肩膀挑出來的。

村民的一個「挑」字，非常準確和生動，既道出人們「改天換地」的力量，也道出了其中的萬般艱辛。

那一帶幹農活，「挑」是主要的方法之一。挑秧、挑糞、挑包穀、挑麥子，到公社交公餘糧、改田改地，包括這修水庫，全靠大夥用肩膀挑！想起那挑東西，就現在我的肩膀還痛。

我們插隊的竹園村，一百五十公斤糞要挑一公里左右，生產隊才給記一個公分，而十個公分可分到九毛錢。「公分太硬啦！」而這裡是山區，公分只會更硬。挑這水庫很可能是自帶乾糧，「幹義務」。

我來到水庫，那尾鯉魚已經移到了水池裡。牠頭大身健，身上的鱗甲厚重而結實，閃著神祕的黃色。那黃色更接近銅的光亮，一種古銅的顏色。

李海告訴我，因為水庫裡的水草很多，釣到牠後，這鯉魚借助水草幾度想逃脫，倆個很是掙扎了一陣。李海幾次要跳下水去逮牠，把牠拉上來確實很不容易。

王盡遙／繪

看著在水裡游來游去的大鯉魚，我真不忍心吃牠。我心裡想：「鯉魚能長到這麼大多不容易？如果牠真能逃脫該多好？」

鯉魚可是有許多神祕的傳說的。

06

口罩

作為普通人，我們應該怎樣改變自己的預期？

過去戰役靠大炮，這次戰「疫」靠口罩。

新冠肺炎爆發後，首要的防護措施就是戴口罩，沒有口罩不能出行。一時間口罩成為生活的必須。

全國各地立馬演義了一場搶口罩大戰。商店、藥店及超市的口罩馬上搶購一空，連淘寶、京東這類網絡商場的口罩也全部斷貨。最初那段時間口罩完全不見了蹤跡。

我跑到藥店去問啦（了）多次，所有來藥店的人也都是那句話：「格有[注一]口罩？」問的人實在太多，藥店不勝其擾，有的乾脆用小廣播先在喊：「沒有口罩！沒有口罩！」

有視頻反映，普通顧客到藥店裡買口罩，藥店說沒有。恰在此時，有單位代表來拿口罩，藥店不僅有而且是成箱的拿。顧客與藥店的人吵了起來，顧客大聲道：「我們普通人也需要口罩。」

又有視頻，有女子到超市，由於沒有帶口罩和防疫人員發生激烈衝突。最後該女子被用防暴叉子叉翻在地！另一女子遇到防疫檢查，因沒有戴口罩被攔截，情急之下那女子竟翻過欄杆跳進了河裡。

最極端的是四川南充農貿市場某男子，因沒有戴口罩與檢疫人員發生嚴重肢體衝突。該男子最後掏出隨身攜帶的旅行剪，扎傷了檢疫人員。

看著當事人激烈地反映，我一轉念：「衝突的起因莫不是買不到口罩？」該案電視轉播，被告及其代理人庭審沒提「買不到口罩」這事，公訴人倒是主動提了一句：「買不到口罩不應該成為理由。」

原來真是這情況！國家公訴人說得輕鬆。戴口罩是抗疫防護的首要，缺啥也不能缺口罩！但如果確確實實買不到口罩怎麼辦？總不能自製一個吧。「買不到口罩。」這結論讓人汗顏。媒體不敢反應這情節。

買不到口罩，我難免心急。

這天有朋友轉載一文，大意是所有人都有權利獲得口罩。朋友附言：「憑藉平時繳了多年的稅，弱弱的問一句，政府是不是可以發一只口罩？」我認為這說得對，我自己也屬於這種情況，便隨手轉發那篇文章和朋友的附言。

只一會，老家就有人打電話來。放下電話妻子對我道：「他們說這種時候不要說這些。」「你的微信看起來好嚇人喲。」

真不好意思，這年紀還讓家人操心。但為什麼不能說？不能問？國人已經被馴服成這樣，怎麼做都是政府的事，你老百姓就是不要吭氣。你是納稅人又怎麼啦？

不戴口罩幾成為怪物，一時買不到口罩又是現實。若因眼前春節放假產量不足，有關部門先發幾個口罩應應急有啥不行？請政府先發些口罩應急，我們老百姓保證，有了口罩一定好好戴它。最初那情況，我們普通人確實是「買不到口罩，沒有口罩可戴」。

逆想當初，武漢中心醫院卻是「有口罩不讓戴，戴了口罩還被強行摘下」。該醫院領導無視一線醫護對防護的需求，要求醫護人員「講紀律，講組織性」，不讓其他科室醫護人員戴口罩，響應所謂的「逆流潮」。致使大量醫護人員感染，傷亡慘重。這就是「講政治」、「守紀律」的結果！何其愚蠢，何其悲慘注二！

這時網上還有「大理徵用重慶口罩」的消息。大理衛健局發出「徵用通知書」，因為「已處於重大突發公共衛生事件一級響應狀態」、「全市疫情防控物資極度緊缺」，決定將雲南瑞麗發往重慶的九件口罩「依法實施緊急徵用」。

重慶方面要求放行，因口罩已分發使用而無法追回。大理市長和市委書記為這事挨了處分。事件被批「影響兄弟省市防控工作」、「影響兄弟省市人民感情」。

估計因為當時當地還不能生產醫用防護口罩或生產量嚴重不足，領導一急才做出此決斷。肯為當地民眾疫情防護站出來，還真有擔當！當下缺少不正是這個？

突發重大公共衛生事件，不僅有「大理徵用重慶口罩」。《南方都市報》三月十四日爆出：義大利某公司通過德國進口商從中國購入八十三萬個醫用口罩，口罩在德國過境時遭扣押。雖然後來該批口罩獲得了通關批准，但是德國方面表示已經不知口罩在哪裡，口罩離奇失蹤。據報導，此前該國也曾攔截二十四萬只瑞士進口的防護口罩。

不難理解，「尊嚴這東西需要口罩去捍衛，否則就是死要面子活受罪」。這些口罩如係被過境國徵用，這國應該向咱們大理人一樣明說嘛。我忙著打電話請教國際法專家，問這方面國際法是如何規定的。

在這當口，「朋友圈口罩」粉墨登場：「不論什麼口罩，不論你要多少。只要付款都可以提供。」網路圈有「能人」橫空出世。鬧騰了一陣，「通過網路圈訂購口罩，到現在都沒有收到貨；收到貨的，也有很多是假冒偽劣產品，根本起不到防護作用」、「朋友圈口罩」靠不住，向您兜售口罩的那個人很可能已經被抓。

據公安部刑偵局通報，截止二月十九日，全國公安機關偵破利用疫情實施電信網路詐騙案五七二二件，抓獲嫌疑犯二二一七人；涉案金額一．三億。在這五千多宗案件中，百分之九十以上都是虛假出售口罩的詐騙！還有相當數量的出售假冒偽劣口罩案。注三

中國是製造大國。網上有說我國共有二．七六萬家醫藥製造企業，口罩生產量極大。我相信「一罩難求」只是暫時的。隨著春節結束生產的全面恢復，「口罩會有的」、「一切都會有的」。我堅決響應國家衛健委的號召「不囤積口罩」。但作為普通人我還是有憂慮：

其一、據說醫用外科口罩及N95口罩的核心過濾層是「熔噴無紡布」，而生產這種布的噴頭要是德國等國，德國等會不會為難我們？故而呼籲千萬不可得罪德國等國；

其二、口罩已經成為醫務人員和普通人的必須。「緊缺將會是常態。二〇一八年我國口罩生產四十五億只，二〇一九年在五十三億只以上，可我國有十

四億人，平均下來也不過是每人一年才三．八只口罩」注四。作為普通人，我們應該怎樣改變自己的預期？

還有其三，如果疫情還沒有被控制，我們面臨無私的國際主義援助，這任務究竟有多重？

家裡人仍舊在亂口罩的事。我要感謝老家人和原來同事送我口罩。

注一：雲南話，「有沒有」的意思。
注二：終結詐騙：〈第一波在朋友圈賣口罩的已經陸續判刑，你的口罩到貨了嗎？〉（二〇二〇年二月二十日）
注三：盜聽塗說：〈李文亮醫生原計劃要被開除，武漢中心醫院的水究竟有多深？〉（二〇二〇年三月十八日）
注四：凱迪網路：〈「不要囤積口罩」的呼籲有用嗎？〉（二〇二〇年二月十三日）

07

俄羅斯小豬蹄

管仲所謂：「倉廩實知禮節，衣食足知榮辱。」我認為絕非辯解，但要說吃飽後就一定會懂禮節、禮儀，則不一定。

參團到俄羅斯旅遊，吃得極差。當然多半原因還是錢還沒出夠。

團隊大多在倉庫、車間改裝的食堂，或者地下室改裝的餐廳解決吃飯問題，說「用餐」都不好意思。因旅客眾多，團隊還要在門口排隊，俄羅斯人又是把廁所建在食堂、餐廳的門口，廁所免費。於是乎一進門，排隊和上廁所的都擠一起，那味道真衝。

東北人與老毛子關係不錯，並以中國人特有的精明，把這檔次的旅遊餐全給壟斷了，每個團隊提供頓頓一樣的菜品。捲心菜、馬鈴薯、洋蔥，三大主力打頭[注]，加上個涼拌木耳什麼的，當然也還會有個葷菜。

這天中午，在莫斯科紅場的地下餐廳，我們的團隊上了盤小豬蹄！就豬腳最前面尖尖的那一小段，還一剖兩半。我們一桌共有九個人，那一盤就只有六個小豬蹄。

一轉眼小豬蹄就全都沒有了，也不知道那俄羅斯小豬蹄是甚麼味道。同行的朋友低聲對我說：「我拈了兩坨，還想拈，已經沒有啦。」

「九個人總就共六小坨，你一人就拈兩坨，還要再拈？」「什麼人啊？」我心裡想。但我也深深地理解我那朋友，「出了錢，就一定要把自己的那份吃回來」。那是多數中國大媽的內心，而我的朋友是男性，他當然絕不會有中國大媽的心思。仔細分析原因，這一代人一直是在饑餓中生活，對吃有特別強烈的條件反射。平時遇到吃的東西，順手的，若不注意，便會情不自禁順手牽羊，「順一個」。這乃長期處於饑餓狀態，極度欠吃形成的習慣。需要經常的相互提醒。

現在碰上集體用餐，又出現爭搶的場面。一時間朋友的老毛病又犯，什麼都可以不管不顧，只要把自己的肚子填飽就成！按朋友自己的反省：「這是打小落下的病根。」

同事中有個同齡人，頭天晚上我們才一起吃了烤雞、烤全羊。第二天早上一上班，他又嚷嚷：「領導，昨晚我做了個夢，夢見吃烤乳豬。我就餓醒掉！」由於眾所周知的歷史原因，這代人對好吃的總是無限嚮往，永遠有止不住的口水。

管仲所謂：「倉廩實知禮節，衣食足知榮辱。」我認為絕非辯解，但要說吃飽後就一定會懂禮節、禮儀，則不一定。

克里姆林宮大院的後面，有幾組東正教的教堂建築，分別是沙皇舉行加冕、重要典禮及停放靈柩的地方。那天我和朋友剛參觀完教堂，一身肅穆，這還沒有轉過神來，就見教堂旁邊的草坪上有幾個中國大媽，手執鮮豔紗巾在跳「梁祝」。還有個「中國大爹」也跟著跳。她們大概認為「世界上最美的音樂舞蹈，在哪裡都可以跳」！

我們幾個人直盯著她們，但跳了不一會，她們便自動停止。估計是聽見有人說要報警，她們怕俄羅斯員警真會揍人。最無語的是回來後，我倆把這事講給同學們聽，飯桌上竟然有好幾個人說：「可以跳呢嘛。」還有人調侃：「這樣世界優秀文化就融合了。」想得還很深。更多人則是一臉茫然，究竟能不能跳啊？

中國大媽勢力真大，世界各地都有大媽們醜陋的表演。

不說跳舞，還是繼續講豬腳。

豬蹄、豬腳、豬肘是平常人家的經常。

豬蹄在往上，就是豬腳。國人的最喜，豬腳含大量膠原蛋白。百姓家的「花生燉豬腳」，植物蛋白加動物蛋白，是婦女生孩子的必備。媳婦月子裡我經常一大早去菜市場買這東東，給媳婦下奶。豬腳要剮得白生生的，細細地鉗得乾淨，下鍋慢慢地燉。

還有「紅燒豬腳」。只要有華人的地方便有這道菜，在很多地方都可以吃到華人用紅燒豬腳做的「豬腳飯」。

豬腳再往上，就是豬肘。

中國有「東坡肘子」、「紅燒肘子」，其味道自不用說。聽說德國人也特別喜歡「烤豬肘」，德國人豬肘也烤得極好。我常想啃著這樣的美味，馬老也才會想到「剝削」，發現「剩餘價值」。

雖沒吃上俄羅斯小豬蹄，但對於俄國革命、蘇聯的味道我等卻很熟悉，也曾經非常嚮往，但後來則卻完全不成啦。其變化如同俄羅斯婦女的身段，年輕時是美麗花瓶，到後來就完全變成了高腳痰盂。

從俄羅斯回來，「富源酸湯豬腳」、「傣族木瓜豬腳」，還有昆明「長街七號滷豬腳」，我們統統複習了一遍！其中長街七號原檢驗檢疫局「涉外技術中心」的豬腳，先滷得扒扒的，再架起來烤透，很是香糯。

據說非洲豬瘟也是俄羅斯傳過來的。

去他的俄羅斯小豬蹄！

注：雲南話，「這三樣東西排在前面，主要就這三樣東西」的意思。

08

「熱水豆花」

這些見鬼的書法，不只我們這邊疆地區，就連山東這樣的文化大省，其「山東省博物館」也寫得像「山東省情婦館」。

雲南省建水縣古稱臨安。這裡還保存了一些古代建築，主要集中在建水古城，古城的東門還保留著古城樓。

這城樓很高大，名「朝陽樓」，始建於明洪武年間。因形似北京的天安門，當地人戲稱為「天安門」，它的建成真的比天安門還早了二十多年。

朝陽樓的正面，不知何人楷書「雄鎮東南」四個大字。那時臨安是漢人勢力的最南端，這題字反映臨安城震懾南方蠻夷的氣勢，好生威風。

城樓的背面，朝向城裡的一面，也有人手書四個大字，我認真看了半天，但只知道那是「草書」或者「行草」，具體寫的什麼我認不出來。

到了當天晚上，隱去多數細節，那幾個字亮晶晶的又呈現在眼前。我又試著讀了讀，還是認不出來。

正在此時，「平安無事」，旁邊一漢子讀出聲來。

怎麼會是「平安無事」？他也真敢說。我猜那漢子是自己配戴了「平安無事牌」，情況一急，忍不住就把上面的字給背了出來？要不就是抗日電影、電視劇看多了，那上面的更夫一直用「平安無事」報時，「平安無事」四個字已深入人心。

上網查了查，朝陽門背面的四個字原來是「飛霞流雲」。它是草書，但我認為那字寫得真不怎麼樣，不信你可以自己去看。雖然還沒有考證這字何人所書。

昆明翠湖邊有個「吉人茶樓」。有一天朋友們約好在那茶樓喝茶。我和一位女士先到，上至茶樓的二樓，迎面掛著一幅墨寶，寫得龍飛鳳舞。我請那女士先讀，她係一文化人。

她照直讀道：「念奴嬌」、「熱水豆花」。

我很奇怪，詞牌名後面怎麼會是個「川菜名」？讀完她自己都笑出聲來。墨者絕不會在茶樓裡題這麼幾個字，酒樓應該還差不多。我前後聯起來仔細看了看，這幅書法寫的是蘇軾的詞〈念奴嬌・赤壁懷古〉。詞牌名後面的四個字，應該是這首詞的題目「赤壁懷古」。

我們相約後面來朋友，還邀請他讀這幾個字，看看會是什麼個情況。不一會，又來了位朋友。

「念奴嬌」、「熱水豆花」。他讀的還是這「川菜名」。

眾人大笑。

這些見鬼的書法，不只我們這邊疆地區，就連山東這樣的文化大省，其「山東省博物館」也寫得像「山東省情婦館」。讓大夥「博物」與「情婦」難辨。

有人解釋這是草書的寫法，普通人多數看不懂，故而把「博物」讀成了「情婦」。實際草書「博物」與「情婦」的寫法是不一樣的。

題字的郭沫若郭老先生，係新中國頭號文豪，文學、史學等領域的權威，也是現代一大書家，各地題字頗多。嚴格說這二個字雖然沒有寫錯，但郭老後半生最無骨頭，累累擊穿道德底線，其行為毫無文化人的氣節與尊嚴，嚴重敗壞社會風氣。雖有那個時代的原由，但仍令人所不齒。其所作所為，確實就像個御用「情婦」。從這個意義上可以說大夥並沒有「讀錯」。本人同意山東人提議，把這題字換掉，免得他壞了我們山東人的風水。

中國書法，篆、隸、楷、行、草各種，還有金文、甲骨文：上下幾千年，名家眾多，博大精深。在它面前，你不免惶恐不安，生怕出洋相，常常要提醒自己小心。

有幸運的機會，看見大師剛寫好一副書法作品。一讀我心裡一驚，但又怕自己認識的字不夠多，只是在心裡默念，並不敢說出口來。

突然，旁邊有一位小哥念道「逮住蛤蟆，攥出尿來」。

大師握筆的手開始顫抖。

大師的助理念到：「前程似錦，繼往開來。」

我心裡暗喜竊喜，「還好沒念出口來！」

有一年，我們去楚雄黑井遊玩，那的「飛來寺」所建的位置很高，好不容易才爬將上去。我們正氣喘噓噓，一抬頭迎面掛有一件書法作品，上書四個大字，我瞟了一眼，其中有一個「壽」字，想也未想我立馬大聲讀到：

「萬壽無疆！」我話音剛落，有一小男孩抬起頭對我說：「叔叔，這不是『萬壽無疆』。這四個字都是『壽字』，是不同的書體。」

我仔細看了看，可不是嗎？

這回可真不是書法的問題。

09

小偷救人

忽然想起柏拉圖和他所著《理想國》。他認為由哲學家充任國王，由他來治國是最好的治國方式；因為法律會束服哲學家的睿智。原來如彼。

凌晨三點，杭州有三個宵小偷人東西。三人盜得他人車內錢款三千元。案發不足一小時，就在案發地附近，他們又救下一名因醉酒而落水的女子。

在重播的監控視屏中，警方愕然發現，三個見義勇為的好青年，陡然變成了盜竊分子！三人既犯了盜竊罪，可又見義勇為，該怎麼辦？表彰還是處罰？還是功過相抵？對他們如何司法？有文章報導並組織大家討論這事。

多數人主張：「對於他們的盜竊罪，該怎麼處罰就怎麼處罰；對於其見義勇為，該怎麼表揚就怎麼表揚。」「各作各的。」人民法官亦是這個觀點，他解釋法律的規定是明確的。這部分人說：「兩種不同的待遇落差，會幫助他們在以後的道路上作出正確選擇。」

最可氣的，就連被救的女子也主張「各作各的」。聽了被救女子的表態，我覺得真應該把這女子重新丟回河裡，淹死算了！

很顯然，「小偷良知未泯」，「分得清大是大非。本來小偷實施盜竊，得手後一定會盡快離開現場。他們完全可盡快走人。但他們的行為表明，他們認定生命重於其他」。三人「把遭遇員警的危險拋之腦後」，選擇了救人。「縱身跳入冰冷的河水，對落水女子施予援手」。

小偷並非十惡不赦的罪人。比較他們救人的見義勇為，偷盜三千塊確就是「小罪」。我們就不能拉他們一把？「各作各的」、「法不容情」，等於明示「賊就是賊」，「罪犯的見義勇為是沒有用的」；等於宣布「以後遇到這種情況，你們就不用管啦」。

社會評價將決定人們今後的行為走向。

將功折罪，將功抵過，似乎是一個不錯的選擇。但是很多人又擔心：其一、賞罰不明會不會誤導小偷？甚至誤導社會上更多的人？其二、被救人與受害人畢竟是不同主體，將功抵過似乎對受害人很不公平。還有其三，本案中小偷不是第一次盜竊，還可能涉及多次盜竊，甚至團夥作案！他們並沒有即時報告他們的偷盜行為，這說明他們心存僥倖！如果不加處罰，恐怕會讓他們在錯誤的道路上越走越遠。

有的人以為審判三人盜竊罪的時候，法官會將三人見義勇為作從輕或減輕情節考慮，但法律並沒有夠包羅萬象，沒有、也不可能將所有的情況都規定進去。因為「小罪」就一定要把見義勇為的人送上法庭？沒有民主司法，法官真的靠得住？現實已經讓人們大跌眼鏡。

君不見「南京彭宇扶人被訛案」的判決？[注]在那之後，人們再也不敢去攙扶跌倒的老人，擔心被訛。此案的判決「糾纏而成的心結，宛如病灶，一直存在於社會，潛伏於人心，順勢應景不時發作」。

主張處罰和表彰「各作各的」，充分反映國人遇事只會或只能分開考慮，但這似乎不行；將兩件事疊加，跳出規範本身去綜合考量，追求社會公平正義的理性判斷，國人又確實不會。理性思維本不是國人所長，長期的統一思想早讓國人沒了思想，更別說睿智啦。

我的頭昏得厲害。

想到這，忽然想起柏拉圖和他所著《理想國》。他認為由哲學家充任國王，由他來治國是最好的治國方式；因為法律會束服哲學家的睿智。原來如彼。

又有新聞報導，地鐵站有小偷乘人昏睡時偷盜得手，並已轉身離開。不料被偷那人昏沉沉掉下了地鐵。這時列車已經進站，只見那小偷又飛奔回來，把掉下去的那人拉上月臺。

這又該如何司法？也是「各作各的」？

還好這事是發生在巴黎地鐵，這是法國人的事。

注：南京彭宇扶人被訛案是二〇〇六年發生於中國江蘇南京的民事訴訟。二〇〇六年十一月二十日南京老太太徐壽蘭在公車站摔倒，彭宇自稱上前攙扶，聯繫其家人並齊至醫院診治。自己行為屬於見義勇為，並非肇事者。隨後，老太太咬定彭宇將其撞倒並向其索賠。雙方對簿公堂，在沒有其他證據證明當時的情況下，主審法官有了那句著名的流氓提問：「如果不是你撞的，你怎麼會去攙扶？」一審判決彭宇給付老太太損失的百分之四十。

10

小草蜂

「實在不好意思，我剛剛分了家，家裡沒有鹹菜。要不，煮了棵苦菜（青菜），你們進來吃點？」他的獨眼裡滿是愧疚，這眼神我終身難忘。

10 小草蜂

應朋友的邀請，我們到龍陵老梨樹溫泉做客。

吃晚飯的時候，正聊得起勁，忽然覺得左臂手肘那裡被刺了一下，並感覺有東西在爬。我低頭一看，是一隻黑黃色的小草蜂。

我很隨意地拍了牠一下，並沒有想要牠的小命。牠是如此虛弱，我看連我的汗毛，都成了牠難以超越的障礙。看著牠歪歪斜斜爬起來，勉強飛走。我有些想笑。

忽然間一陣強烈的刺痛從手臂上傳來。我隱約記起這小草蜂爬起來飛走之前，好像完成了那動作。難怪牠虛弱沒了力氣。

當天晚上我的手臂腫了起來，青了一大塊！

見識或感受草蜂叮人，我不是第一次。

鄉村很多地方都有這種小草蜂，小孩最喜歡掏草蜂窩，蜂子發怒要叮人，小孩偏偏就愛去逗牠。蜂窩對小孩一直很神祕，刺激好玩。

頭一次見識草蜂襲擊人，是在二年級的時候。剛轉學到農場，認識許多新朋友，就有一個叫錢久的同學帶我去掏草蜂窩。在我這城市小孩面前，錢久同學顯得十分老練。很快我們就在草叢裡找著（尋到）一個草蜂窩。

為防被草蜂叮著，我倆躲在一蓬刺棵棵[注]的後面。從這後面，錢久同學用一根長長的、彎彎的樹枝，繞過刺棵棵去掏那蜂窩。

「這樣草蜂不能發現我們！」錢久真聰明，我很佩服他。「難道草蜂不會轉彎？」我也有些納悶。

正在想呢，突然間一隻草蜂尋著錢久同學那根彎樹枝，繞了個大大的彎，迂迴朝我們直赴過來。直接赴到了錢久同學的人中上！「唉喲！」錢久慌忙丟了樹技去拍打那草蜂，但草蜂迅速完成了規定動作，很快地飛走了。

錢久的上嘴唇立馬腫得老高，變成了豬八戒！更嚴重還有，被叮著那天錢久擦的是獸用碘

王盡遙／繪

酒！從此以後他的嘴唇不僅沒了人中，並且還烏著（青著）一大塊。

這便是錢久同學與草蜂野戰的結果。

我和草蜂也進行過陣地戰。

五七幹校有很大一個木工棚，堆放著一堆堆的木頭。有一天，我在木工棚的屋簷下發現了一個草蜂窩。我找了個比較遠的，很隱蔽的木頭堆，在那後面埋伏了起來。這回我用的武器可是彈弓！不是錢久同學的彎樹枝。

我稍稍地探出頭來，朝蜂窩來射了一彈。那草蜂立刻的亂飛起來，但好像牠們並還沒發現我。我心跳得厲害，匆忙中我又朝蜂窩來了一下，當然也沒打中。

就在這時，我清楚地看見，蜂窩上有一隻草蜂，遠遠地瞄準了我，調整身體，加速俯衝過來。

「完了！」我雙手抱頭，拚命往木材堆裡鑽。那草蜂避開我抱頭的兩手，對準我的後脖子扎扎實實來了一下。這一下，我的脖子硬了好幾天，也老實了很長時間，不敢再去招惹那草蜂。

多年後我從「動物世界」裡知道蜂子長著複眼，大眼睛上還有無數的小眼睛。難怪其視力了得。

與那草蜂進行過野戰、陣地戰，還有遭遇戰。

知青插隊，有一天我們組被安排到地裡收麥子。幹活當中有人碰到了很大的一窩草蜂。蜂子「嗡」的一聲四處亂飛。事發突然，我還沒怎麼反應過來，站在那裡發呆。組長姜勤安見狀，朝我飛奔過來，迅速把我整個按在地上，頭按得生疼。

躲過草蜂第一輪攻擊後，他拉起我轉身低頭，飛快地衝向地邊的小樹林。他只一下就扳斷了一根松樹枝，把樹枝撇成幾節，丟了一支給我。自己則拿一支護住頭，手上舉了另一支，返身向那蜂窩跑去。

他對著蜂窩三下五除二，一陣亂打，動作之快，我還沒怎麼看清楚，他已經拿著一坨蜂窩衝了回來，上面有許多蜂蜜。他掰了一半給我，另一半一口就送進了嘴裡。我也照著他那樣，把蜂臘、蜂蜜一起塞進嘴去。

那時正餓得發慌，蜂蜜很甜，蜂臘無味。

組長姜勤安動作飛快，但他是個「獨眼龍」。小時候看竹籠裡的鸄雞，鸄雞一嘴啄瞎了他的一隻眼睛。雖然如此，他幹農活卻特別麻利，並終日忙碌不停。他對我很好，教了我許多農活，我總覺得他很神祕。今天我又見識了他與草蜂的遭遇戰，他大獲全勝。

除了這件事記憶深，另外就是去他家要鹹菜的事。

那時他很年輕，在周圍村子勞動「猴」（厲害）是出了名的。他剛結婚並有了小孩。我們集體戶新來了知青，在他們面前，我想表現表現與村民的關係，於是帶他們到姜勤安家去要鹹菜。

那時雖然貧困，但老鄉家裡一點鹹菜應該有的。我們村子裡的滷腐（豆腐醃製的鹹菜）在附近很有名。那滷腐用齊腰的青菜葉層層包裹醃製，特別化，吃到嘴裡沒有一點渣！我想著這滷腐，敲開他家的門。他們正在吃飯，他揣著碗就出來了。我說想要點鹹菜，說完後臉上已經有點熱。沒想到他猶豫了一會說：「實在不好意思，我剛剛分了家，家裡沒有鹹菜。要不，煮了棵苦菜（青菜），你們進來吃點？」他的獨眼裡滿是愧疚，這眼神我終身難忘。

我不僅臉上更熱，心跳也激烈起來，帶著新知青趕緊離開。那天在新知青面前我竟然還有點僥倖。又敲開了旁邊的「老憨」家門。這小夥子幼時得過腦膜炎，頭上開刀留下一個大疤，雖然沒有大幅影響智力，但他的反應有些慢，顯得實誠純樸，知青們都很喜歡他。

他也剛結了婚，也正在家裡吃飯，在大門外我們說明來意，老憨反身進去拿了一碗醃薑出來，我正和他客氣，說「只要一點點就行啦」。忽聽老憨媳婦在屋裡面大聲喊到：「該死的，砍頭的，你拿去了，我們吃什麼？」

那天不僅沒要到鹹菜，到最後簡直是精神崩潰。那年代村民們竟然這般貧窮！之前，我雖然知道村民們多數很窮，特別村子這頭，我們這個組姜姓的人家，但這結果也實在不曾想到。

多年以後，我聽說姜勤安最後是上吊死的！他有兩個兒子，生活很困難，媳婦又改嫁，加上疾病的疼痛，終於不堪。

這天我到村子的後山上看他。他的墳墓異常簡陋，但上面卻有兩蓬長很旺的刺叢，我清楚地看見那刺叢上面有一草蜂窩！有十隻忙碌的草蜂。這一定是在釀造蜂蜜，準備與他分享！草蜂知道他生前吃了太多的苦。

小草蜂真懂事。

很顯然，手上的腫不消，疼痛不止，我的聯想便不會中斷。

注：雲南話，「刺叢」的意思。

11

豬頭豬耳朵

新鮮的豬血要小心地放進溫水裡燜，慢慢煮成板豆腐的樣子，不嫩也不能老。操作並不簡單。

知青時候每月只有一丁點肉食供應。那個年紀，正長身體，農活又重，對肉食的渴望難以描述。越是無望，就越想。

最後一招便是給所在公社寫申請，打報告。有時候，如此可能申請到兩個豬頭，外帶一桶豬血！

被選為知青戶戶長之後，寫的頭一份申請，就是向公社申請豬頭。申請書具體是怎麼寫的，記不太準確，但肯定不能直說：「茲有本公社朝陽大隊竹園生產隊知青戶的知青，因太想吃肉了，特別是豬頭肉，特向公社申請豬首兩個。」那時申請的總體要求和現在相差不多，應該這樣寫：「為了保證革命和生產的順利進行，奪取無產階級文化大革命的最後勝利，現特向公社申請豬首兩個。」讓申請充斥滿滿的「正能量」。

懷揣公社領導批過的申請，我們去了公社食品站的殺豬場。因為太想吃豬肉，就是聽到豬的慘叫，也感覺很悅耳，眼睛都跟著發亮，身邊一切都覺得很美好。

遞了申請，正準備直接進去取豬頭。不想一位殺豬的師傅攔住了我。他遞過一長把木錘，笑著對我說：「小夥子，按我們這規矩，要先去打豬。」

這個殺豬師傅長得精精幹幹，眼露凶光。特別記得他的滿嘴利牙。按殺豬場的程式，要先用木錘把豬打暈，讓牠不能掙扎，這樣殺起來容易下刀子，方便省力。那殺豬師傅先給我做示範。

只見他高高地掄起木錘，照準豬的頭頂，用力砸了下去！那豬兒立即癱倒在地上，伸直了腿直抽搐。

這活計幼時我見大人做過，但沒自己幹過。現在已經長成大小夥子，當然不好意思退縮，何況是知青戶戶長。

接過殺豬師傅的木錘，我心跳得厲害。特別是當那豬兒抬眼盯著我，兩下眼神一交流，我的心更慌。極個別的豬兒存在反抗的跡象，會對著你有幾聲連續的吼叫，有要衝過來的樣子。有一頭閹割了的母豬（不再用來下仔，人們將其閹割催肥，再吃牠的肉），下了決心真要和我拚命，恨恨地朝我衝了過來！我嚇得手腳癱軟。

好不容易才將兩個豬頭和一桶豬血挑回了知青集體戶。當天整個集體戶喜氣洋洋。豬血當天就可以吃，豬頭則要等到第二天。

新鮮的豬血要小心地放進溫水裡燜，慢慢煮成板豆腐的樣子，不嫩也不能老。操作並不簡單。誰料到豬血還沒煮，一個不小心，整個一桶豬血打翻在地。我那個後悔啊，真想抽自己兩個大嘴巴。

豬血當然被捧回去，放進鍋裡慢慢地煮好，但已經帶上了不少泥土和沙子，根本無法弄掉。

摻上薄荷，那炒豬血香的味道飄溢整個集體戶。吃的時候，有知青提出這豬血有點「沙」[注]。和我一起煮飯的知青，連忙解釋：「不懂了吧？好的豬血吃起來就是有點沙！」

當天晚上鍋裡煮著的那兩個豬頭，成了整個集體戶的惦記。我們看得很緊。但那時的豬，不似現在用飼料快速催熟的嫩豬，總得煮上幾個小時。在這當中我去廚房看了多次。

只見兩個豬頭靜靜地側躺在鍋裡，湯水漫過豬頭的大半邊。

終於我還是放心不下，再次進到廚房，提起那只重重的鍋蓋，把豬頭翻轉了過來……

那一面的豬耳朵已經不翼而飛，早被人割去啦！

這是誰幹的？只見那兩個殘破的豬頭，正對著我奇怪地笑。

注：雲南話，「粗糙」的意思。

12

聖陽酒

本省紅河州有作坊生產好酒，名「金箍棒」！其功能一目了然。更神奇的是它是配對喝的酒，另一支酒叫「緊箍咒」。真有這酒。

曾經有一段時間，流行起吃「瑪卡」。

據說這東西原來生長在南美安地斯山區，營養成分豐富，有滋補強身的功用，可調節人體內分泌，平衡荷爾蒙。食用過它的人會體力充沛，精神旺盛，不會有疲勞的感覺，能夠增強性能力。特別這最後一點，很吸引男士。

有一天，有朋友約在電影公司的餐廳吃飯，有兩個原來不認識的朋友參加。估計就是他們發動的這次聚餐。兩條漢子一唱一和，很巧妙地介紹他們的神祕補品：「男士吃了它一定會變得強大，反倒是你要操心自己身體的耐受能力。」

他們宣傳「神祕補品」的主要成分就是南美瑪卡。「現在雲南麗江已經開始有很少量的種植，那裡的氣候高寒，生態條件好，無任何汙染。」兩個人說得頭頭是道，讓人心動。這是我等首次聽說瑪卡。

隔不多久，便有人開始吃那瑪卡，或磨成細粉用水渡下去，或用瑪卡燉雞燉排骨。據說醇提，用瑪卡泡酒是提取其有效成分的最經典的方法。這酒喝下去肯定熱呼呼的，但不知那功效如何？

和許多外國人一樣，很多中國男人愛喝酒。對酒當歌，人生幾何？不僅可以借酒消愁；乘著酒膽，還可以幹許多平時不敢幹的事情！如喝了酒還能解決那問題，變得強大不已，豈不是更好？但不得不承認，酒本身又確實並沒有那功效，而且對大多數人有明顯的反作用。有女士就總結：「喝了酒的男人只是聲音大，其實什麼也幹不了。」

於是乎大家總會往酒裡面放點什麼，各種各樣東西都用來泡酒。山裡的、海裡的，動物的、植物的都有。難

賈鑫銘／繪

以一一列出。現在又輪到這南美瑪卡出場。

有一回喝瑪卡酒，有朋友想當天晚上發揮發揮，便多喝了幾杯，沒想到晚上他竟然睡著了。明顯是喝多了，還是其功效也有問題？

這當口到瑞麗出差，晚上有朋友請我們吃燒烤。期間同去的蘭生先生接一電話，通話時間起碼有二十多分鐘，好不容易才放下電話，我們免不了問他：「什麼事說了這麼久？」

他氣哼哼地說：「這朋友一直在向我推銷瑪卡，好像我不知瑪卡。它又不是偉哥，吃下去『嘣！』的一下就起來了。」蘭生先生說得形象生動，大夥感歎了一回。

當晚的話題即圍繞這南美瑪卡。若瑪卡泡酒有這樣的效果，就可以直接叫這酒為「嘣酒」！用這做廣告詞非常形象生動，生意一定會很火！

第二天工作完畢，我們結伴去附近瞎逛。眾人來到一山腳的大榕樹下，有一院不大的生產作坊，迎風掛著一招牌——「聖陽酒」！

這不就是我們要找的「嘣酒」？

聽了廠家介紹，這酒果然有這功效。老闆娘說酒可以現嚐。大夥忙著在這照像留影，並討論如何買些帶回去。蘭生先生悄悄提醒大夥，廠家可能會在酒裡摻西藥，放偉哥。

通過飛機托運，我們還真帶回來兩瓶。沒幾天蘭生低聲告訴我：「領導，有效果，但時間有些不好控制。」

「什麼意思？」「是說堅持時間的長短？還是說昨天晚上喝了酒，第二天中午才突然來勁？」

沒幾年，連菜市場也有賣新鮮瑪卡的。仔細看來，原來這東西青皮綠葉，長得就像小蘿蔔。「它就是蘿蔔，南美洲的蘿蔔。」蘭生先生總結道。

還是轉向國貨吧。本省紅河州有作坊生產好酒，名

「金箍棒」！其功能一目了然。更神奇的是它是配對喝的酒，另一支酒叫「緊箍咒」。

真有這酒。

13

異國見聞

中國人在泰國、老撾、緬甸，大幹各種工程，把自己的焦慮也傳給了當地。人們都變得不安起來。

一、過關小費

也不知道從什麼時候開始，中國人到越南、老撾等國，過關要給這些國家邊檢人員小費。

國人會互相提醒，在護照裡夾上兩張人民幣去驗證。有的旅遊團隊則是按人頭統一給。據說給了小費之後過關能快些。

這回到老撾，同伴持英國護照，那英國佬就不肯給邊檢小費。我勸說道：「還是不要找麻煩的好。」「邊檢的會找你的茬[注]，起碼讓你到旁邊去等上一陣子。」

「為什麼要給？」「就不給他。」

老撾邊檢果然沒有問英國人要小費，也沒有敢難為那英國佬。

「給小費不就是你們帝國主義興的嗎？」我問。

「我們的小費只給服務行業搞服務的。從不給公務員。」英國佬如是說。

「你們真是帝國主義」我說。

不僅越南、老撾到泰國清邁辦理「落地簽」，辦證的視窗旁邊寫了「拒收小費」，我正高興，但中國護照遞進去，視窗裡面的人仍比手勢問我要小費。我指了指那「拒收小費」的牌子，裡面的人乾脆把窗戶給關了。

不僅過關邊檢的要小費，越南、老撾等國的交警，見到中國牌照的自駕遊車輛，或者是中國人駕駛的外籍車輛，也會招手示意：「你違章啦！」然後讓你到旁邊去交罰款。你遞過去五十元，他還盯著錢包裡你的百元大鈔，眼睛都不帶眨。

分析原因：

——中國人大多不會英語，無法交流，張揚起來怕外國人說中國人素質差；

——怕對方找麻煩，有意刁難；

——旅遊帶團的和對方邊檢聯手瓜分小費。

西方大鼻子不要，日本人不要，韓國人也不要，就向你中國人要！有日本人在書裡總結中國人：「膽小、恭順、懦弱、狡猾，又愛耍點小聰明。」對照這些來分析，國人的本性使然。人家吃定你中國人啦！

「風氣就是你們中國人給搞壞的。」「中國人把自己在國內那套帶到了國外，什麼都用錢開道。」英國佬埋怨道。

「中國人不講規則，給公務員小費實際是行賄！」有朋友一針見血。

習慣了，不給點錢心裡不踏實。

二、「養老簽」

六十歲左右，身體雖還硬朗，但在原單位先生不可避免地被邊緣化，在家裡自己也沒有什麼大的用處。兒女們都結婚生子，各自有各自的生活，除非自己確實願意給兒孫當保姆。這就是必須面對的現實。遠不如在國外生活自在。

異國的美麗風光，溫和的民族性格，低廉的物價和漂亮女孩，對先生有很大的吸引力。

在東南亞，即便是泰國這樣的國家，也有貧困階層和相當多的窮人。家裡人找到村長：「你看家裡娃都大了，長得也還漂亮，怎麼樣？幫忙想想辦法。給介紹個好人吧。」兩下一拍即合，女孩子可繼續完成其大學的學業，還可捎上一大家子，七大姑八大姨的。

時間長了，又不結婚，先生簽證也就有了問題。當地原先只有「旅遊簽」，「工作簽」時間都相當有限。事情最後鬧上了法庭。

女兒的父親直面法官：「法官大人，您不願意？您不高興？」「但我們自己願意，我們自己高興！」

泰國被稱為「微笑的國度」，在性的問題上非常直白，其觀念並不覺得丟人，只要能掙錢就行。但你若據此認為泰國人特別勤奮則不然。下班後泰國人一般是不接工作電話的，若公司安排加班，他會發大火。

賈鑫銘／繪

泰國人包括老撾人、緬甸人，傳統講究尊重自然，享受生活。中國人在泰國、老撾、緬甸，大幹各種工程，把自己的焦慮也傳給了當地。人們都變得不安起來。

外國人在他國居住，要解決的首先是簽證問題。還好現在多地已經有了「養老簽」。一年一簽，只需年滿五十五歲，銀行有一定量的存款，自己保證不再找當地工作掙錢，這樣就可以辦「養老簽」。甚至還有「精英簽」。

先生也肯定是「精英」。

這樣一來大家都高興！

注：雲南話，「碴」的意思。

14

棠梨（兒）花

我把一大盤棠梨花全都給吃光了。那淡淡的苦澀，抹去了剛才堵車的鬱悶和近來心中的油膩。

這天中午是在玉溪的刺桐關吃午飯。

到了這裡，少不了點這的名菜「刺桐關辣子雞」，我還要了一盤「素炒棠梨花」作搭配。辣子雞還沒做好，先上了那盤棠梨花。

素炒棠梨花全是花骨朵，小朵小朵的很是精細。店家是擱[注一]胡辣子炒，裡面還放了些韭菜和酸醃菜，微黃泛白的棠梨花便有了幾抹綠色。它的看相、口感都很好，特別是香氣襲人。

我把一大盤棠梨花全都給吃光了。那淡淡的苦澀，抹去了剛才堵車的鬱悶和近來心中的油膩。做主菜的辣子雞我反倒是基本沒動。

眼前的棠梨花讓我想到了棠梨樹。

幼時在彌勒五·七幹校[注二]，校部操場的周圍，就有一些棠梨樹。那些樹長得都很高大，枝繁

葉茂。「大躍進」年代從上到下人們瘋得厲害，這些棠梨樹原本是要砍去「大煉鋼鐵」的；只因當時在那裡是林校，那些樹才得以倖免。林校的周圍總得留點像樣的樹吧？林校之外的地方，大一點的樹全都給砍啦！

在那之後，人們會挖掘那些大樹遺留下來的樹根作燒柴。當地人把這叫「找根坨」。大的「根坨」，一家人可燒數月！可想那些樹之大，憑這可推測「大躍進」、「大煉鋼鐵」之前的當地生態環境之好；但這也奈何不了人們的發燒抽瘋。

棠梨樹為本地樹種，有些神祕，經嫁接它便可長成梨樹。棠梨樹的樹幹很粗壯，疙瘩琅璫[注三]，長得古靈精怪。兒時我常想，如果樹上真有妖怪，一定會在藏這棠梨樹上！

棠梨樹的樹皮特糙，樹枝很有韌性；樹枝是分層聚集，忽然間就密集起來，因而很容易攀爬，很方便在上面做「窩」。小孩都喜愛棠梨樹。幹校的小孩每人都「包」了一棵棠梨（兒）。小孩指著一棵棠梨樹對眾人發誓：「這棵樹就是我啦！」（屬於我，代表我。）在樹窩的隱祕空間，小孩可以做一些不想讓大人知道的事。喜歡在樹上活動，顯然是一種返祖現象。

春天，樹上的棠梨花盛開。一層層，一簇簇，漫漫如天上雲霧，以至於後來讀古人的邊塞詩：「忽如一夜春風來，千樹萬樹梨花開」，我首先聯想到的，便是這棠梨花盛開的情景。

棠梨花開過，結出的果子就是棠梨。棠梨長大也不過比姆指蓋稍大。從小到大，它都是那麼的苦澀，咬一口你會舌頭發麻，直打冷禁（打顫）。雖然那時我們很能吃苦，能吃的東西都往嘴裡塞。

「棠梨（兒）還沒熟？」小孩心裡期盼著。其實我們知道，一直要等到它的心心[注四]基本變黑，棠梨才算真正成熟。

熟了的棠梨甜則很甜，並且是那種酒味的醇甜。大家都忙著爬樹，去摘那些開始發黑的棠梨。我們當中有個叫吳小勇的小男孩，膽子特大，爬樹比誰都厲害。他吃到的棠梨最多。我常常會想起他摘棠梨的樣子：精乾瘦巴地掛在樹上，嘴裡叼著一枝熟透的棠梨，正在樹上呼喊：「救命！」他其實是在裝洋（假裝）。吳小勇說話是個大舌頭，他說「棠梨（兒）」就是說不清楚。

想吃到更多的棠梨，我們也會在地上挖坑，鋪上厚厚的松茅，把棠梨集中埋起來，想要把它捂熟，但多數情況是捂不熟的。

棠梨花香讓我想起了這多往事。

注一：擱，雲南話，「放」的意思。
注二：文革期間為貫徹毛澤東「五七指示」，讓黨政機關幹部、科技人員和大專院校老師下放農村，進行勞動改造的場所。
注三：雲南話，「顯著得很」的意思。
注四：雲南話，「核心、中心」的意思。

15

美麗的彝族

在趕集的集市上我們遇見幾個彝族姑娘，長得實在漂亮，大家不覺都低了頭，不敢正視對方。

15 美麗的彝族

雲南境內有多種民族，我認為長得最美的是彝族。

其他民族也有長得漂亮的。比如傣族姑娘，小嘴小臉，身材很好。同村的傣族姑娘伍個、捌個，喜歡穿相同款式，顏色近似的筒裙去趕集。姑娘們筒裙的紋路和顏色還相互呼應，宛如天上雲霞。她們細腰和臀部美麗的曲線，總是被巧妙勾勒。正宗的「水蛇腰」，很是讓人心動。

傣族女子勤勞。田間勞作，挑東西扁擔穿進籮筐，直接上肩膀，重心很高；因而她們的身體搖擺，身姿很美。你會為她們的細腰擔心。漢族和其他民族挑東西，扁擔與籮筐間有繩子，重心放得很低，這樣當然可以挑更多東西，但樣子就難瞧啦（難看）。

彝族的美麗與眾不同。彝族姑娘高鼻樑、大眼睛，那種特別的周正與舒展，給人以震撼。

大學時有一年的寒假，同學幾個相約，騎自行車到彝族聚集的石林遊了二周。在趕集的集市上我們遇見幾個彝族姑娘，長得實在漂亮，大家不覺都低了頭，不敢正視對方。離開好遠，大家都還不說話，好半天才有同學發出感歎：「可惜是個農村戶口！」

說真的，當時確有想留下來的衝動。

最漂亮的彝族，當然是一代麗人楊麗坤。她十六歲因主演電影〈五朵金花〉，一夜成為中國家喻戶曉的紅星；後又因主演〈阿詩瑪〉而譽滿天下。但電影〈阿詩瑪〉在當時就已經被「光榮的反修戰士」康生定調「宣揚愛情至上的修正主義毒草」，「旗手」江青指責該電影選演員是學西方「選美」。

那年代美竟成了罪惡！於是出現了楊麗坤白天演電影，晚上挨批鬥的荒唐情景。後來楊麗坤又被下放挨整，加之個人生活不幸，一代麗人精神分裂。

當時在雲南省歌舞團，人們會突然聽到：「楊麗坤發瘋啦！」一聲淒涼的喊叫，只見楊麗坤被五花大綁的綑了起來，筆直坐在吉普車的後排，被送去市郊的精神病院。

一九七八年在上海某精神病院，雲南來人終於找到楊麗坤，給她宣布平反。於是互聯網上，人們又這樣寫道：「噩夢結束，歷史終於還給她一個公道。」「平反的春風吹散了烏雲，楊麗坤終於恢復了往昔純潔美麗的笑容。」

這又是哪幫憋腳文人的胡謅，吐屎！哄鬼的鬼話！若真能這樣，還是精神分裂？國人總愛編造這樣「後續情節」來「告慰死者在天之靈」，因而現實中，他們便更加肆無忌憚的胡來。

大理因〈五朵金花〉、〈天龍八部〉而名揚天下。因為宣傳大理有功，〈五朵金花〉劇本作者趙季康、武俠小說《天龍八部》的作者金庸，都獲得了大理市榮譽市民稱號，但金花的扮演者楊麗坤呢?!

直到現在，人們還會呼喚著金花的名子來到大理。

人間真的不平！

16

「室內吸煙」

必須反對多數人對少數人的強制，堅決反對「忠實粉絲」、吃瓜群眾的軟暴力！

影星孫紅雷和朋友聚會，「因工作壓力等心情原因，在室內點起了雪茄並抽了起來。」「孫紅雷室內吸煙。」這情景不幸被狗仔隊盯上，孫紅雷遭網友的議論和吐槽。

有朋友直言：「在公共場所吸煙，孫紅雷素質也太差了吧！」「對這種不文明行為表示非常的不滿。」「都是成年人，私下吸煙沒什麼，但要注意影響，不要在公共場所吸煙。」還有孫的「忠實粉絲」「擔心孫的健康問題，勸告他吸煙有害健康。」

為逼孫紅雷道歉，大夥苦口婆心：「孫平時傳播都是正能量」「有魅力，人緣很好」「很多觀眾喜歡紅雷哥，有孫紅雷的地方總是有很多歡聲笑語，他總是能給大家無限歡樂。」就好像孫紅雷也是個整容出來的小奶狗，並且還知錯能改，人見人愛。

架不住大夥的嚷嚷，「紅雷哥兩次在微博公開道歉。」「進行了深刻反思，保證引以為戒，下不為例。態度十分誠懇。」大夥高興啦：「知錯能改，還是好男人。」

公眾人物的行為對社會有示範作用，應該嚴格要求才是。這件事的結局好像很圓滿，洋溢著一種時下流行的正能量。

且慢！

據報導，「那天紅雷哥是包下了一層餐廳（整間餐廳），用它來會客聊天。」「室內不准吸煙」？

我查了一下，北京出臺[注一]的是〈北京市控煙條例〉，規定的是「控煙」而非「禁煙」。條例裡面根本就沒有「室內不准吸煙」的字樣。講的是「公共場所、工作場所區域及公共交通工具內禁止吸煙」，在「特定場合」禁止吸煙。

人們便從這深入理解「室內不准吸煙」。當然這估計是那些不吸煙，反對吸煙的人的「深入理解」。

包下來的餐廳，便是私人空間，如果裡面也沒有懸掛諸如「禁止吸煙」的招牌，這等於在裡面的人也沒有自願承諾不抽煙（為經營鑒，老闆估計不會主動掛這樣牌子吧？）。

「包一層餐廳抽根煙都不行？」粉絲、吃瓜群眾這也太霸道了，還有那些討厭的狗仔。

既然只是「控煙」，而不是「禁煙」，這裡面就有個人自由的問題。你有不吸煙，並有反對吸煙的自由；他人也有在特定場合，在「私人空間」吸煙的自由。這是不能任意剝奪的。無論大人物、小人物，演員明星、普通百姓，大家都有這權利。必須反對多數人對少數人的強制，堅決反對「忠實粉絲」、吃瓜群眾的軟暴力！

因為吸煙有害自己和他人的健康，據此便有人主張「吸煙不文明」到處抓人「室內吸煙」。其實這是不對的。很多情況下，吸煙恰恰可能導致文明的發生。別不信：

——如有想認識的人，你可先送上他一支：「吸煙嗎？」對方哪怕是拒絕，「對不起，我不吸煙。」「從來不吸？」雙方這也就認識了。吸煙增進了人們的交往。

——與人談話，對方可能還是領導或你的重要客戶。雙方一時間火氣上來，眼看要談崩了。這時你如若拿出一盒煙來，給對方點上，自己也來一支，深深吸上一口，雙方便可能冷靜下來。避免了衝突的發生。

很顯然，吸煙可以平息焦慮和不安，穩定人們的情緒，避免極端情事的發生。和諧就是文明。我們反對的是「不文明吸煙」——在公共場合吸煙。

孫紅雷的「忠實粉絲」和吃瓜群眾顯然衝過[注二]啦。

注一：雲南話，「頒布、頒發」的意思。

注二：雲南話，「衝過頭」的意思。

17

野生薺菜

野生薺菜是連根一起挖，它的根系很發達，葉子是鋸齒狀的。這薺菜一聞就有一種突出的野草香。

我住的社區門口，有一個小小的農貿市場。一天，這裡有人賣野生薺菜。

那薺菜裝在一個白色的布袋裡。和許多野生東西一樣，野生薺菜也沒什麼看相；因為貼著地面生長，扁平而瘦小，一小撮一小撮的。野生薺菜是連根一起挖，它的根系很發達，葉子是鋸齒狀的。這薺菜一聞就有一種突出的野草香。

賣薺菜的大嫂說，自家種蘿蔔的地裡不經意就長了這些薺菜。「蘿蔔地裡自然生長的，就可以算野生的？」我問道。大嫂說這薺菜保證沒有施過化肥、打過農藥。我想，這倒是可以肯定。

晚飯的焦點便是那碗薺菜湯。這野生薺菜吃到嘴裡是有些「毛」（糙），但這點毛很快就被它特有的清香與清甜蓋住。薺菜湯喝進嘴裡，我和妻不由得停下來看著對方。

妻喃喃道：「這可是一點味精也沒放。」

這味道我很熟悉。幼年所在的幼稚園面積頗大，裡面有一些個空地和一塊在當時看起來很大，自然生長的草地（草坪）。這些地方是我們嬉戲的樂土，也是我們初識自然的地方。這裡的草蟲讓我難忘。這些地上就長有野生的薺菜！

有一次，幼稚園通知大家「挖薺菜」，就在那些空地和草地上挖。當天晚上，我第一次吃到了自己挖的薺菜，很有些興奮。從此我便記住這味道。現在分析，那野生薺菜植根於有機土壤中，沒有化肥農藥汙染，生長全靠不同物種間的自然循環與自然平衡，味道當然特別的好。

我被這味道糾纏了很多年。

十年浩劫中，時興「憶苦思甜」、「吃憶苦飯」。大家要吃些野菜什麼的，以此來回憶或感受「舊社會的苦」。說來好笑，剛說要吃野菜，我首先聯想起那野生薺菜的味道。所以一開始我並不懼怕。

據說舊社會的窮人，常吃一種叫「苦麻菜」的野菜（也叫它「奶漿草」）；特別災荒年間。和野生薺菜一樣，它也是連根一起挖，葉子也是鋸齒狀，弄斷後有奶漿一樣的白色液體流出。我養過兔子，挖過這來餵兔子，兔子很愛吃它。

我猜想這兩種東西的味道應該相差不多。

那天吃「憶苦飯」，主要就是吃這苦麻菜。領頭的政治老師為了正確引導學生，一邊用筷子使勁往嘴裡塞那苦麻菜，一邊大聲說：「好吃，好吃！」眾目睽睽之下，我也吃了不大不小的一口，立刻被苦得直打冷禁（打顫），止不住地甩頭，眼睛發花。半天都回不過神來。

這也太苦啦！我真佩服兔子和政治老師的不怕苦。

「誰要再想回到舊社會，我們堅決不答應！」政治老師抓住時機，領頭振臂高呼。我的口號也喊得相當的響，自然是因為那味道實在太苦。舊社會如果真是這樣的苦，就是拚了命，我們也絕不能回去。

對於政治老師的伎倆我也實在反感。這麼苦，她還一個勁地說好吃，這不是騙人嗎？

「你是不是再去買些野生薺菜？」妻說。

正趕上這幾天是節假日放假，我跑遍了周圍幾個農貿市場，就連昆明最大的篆新農貿市場都去了。

哪裡有野生薺菜？

18

社區裡的枇杷

我終於發現，「襲擊」枇杷的是「核桃老倌」。一種頭戴黑色冠羽，身披淺灰色斗篷的小鳥。牠們的「襲擊」多發生在清晨或傍晚。牠們都是常結伴而來，行動詭祕。

18 社區裡的枇杷

不知不覺，所住的社區已經建成了快二十年。社區裡種植的樹木，很多已經長成了大樹。

冬季，有的樹下會有一些黃色的落果。原先我沒大注意。這天我細看了看，竟然是枇杷。

我數了數，社區共有五棵枇杷，一幢前面，八幢前面和側面各一棵；另外兩棵在四幢的後面，十五幢的側面。

枇杷誘人，打小我覺得它神祕。幼兒園裡就有枇杷樹，枇杷顏色金黃，沒有果子能像它這麼黃。它的酸甜味道也很獨特。我還聽過「琵琶鬼」嚇人的故事，那時確實搞不清楚它們之間的關係。

這天，我想撿掉下來的枇杷嚐嚐。一彎腰才發現那些枇杷都是爛的，已經被什麼東西啃過。常看〈動物世界〉，我忽然明白，這些枇杷是被鳥啄的。究竟是什麼鳥先我一步？這需要時間觀察，但這幾天「新冠」正鬧得凶，妻子不讓出門。

我便找了各種理由，戴好口罩，想要出門看個究竟。雖然戴口罩對於我並不容易。我是個「耙耳朵」，耳朵的骨頭太薄太軟，常常鉤不住那口罩。

一開始沒有發現是什麼鳥所為，但我想這枇杷的味道一定不錯，準備先整兩個來嚐嚐。八幢側面那棵，枇杷結得最好。果實很大，黃橙橙的，但枇杷的位置卻相當高，根本搆不著。我四下看了看，想撿個石頭來打。

恰在這時，一個十歲左右胖胖的小女孩，踏著滑板正從這經過，她的臉被冬天的風吹得紅紅的。見我在地上找石頭，她便停下滑板，呆呆的盯著我。

我急忙打岔：「小朋友，你踩滑板為什麼總要踮一下腳？」

年幼時處困難年代，實在沒有什麼東西可吃，整日饑腸轆轆，有

王盡遙／繪

機會我們會去「襲擊」農場的果樹。因為說「偷」太難聽，小孩都是說「襲擊」。這有「打仗」，「襲擊敵人」的味道。由於小孩個子小，整個過程動作又要求要快，我們的「襲擊」多半就是撿石頭衝（打）樹上的果子。

時間一長，幾成習慣。一見到樹上有東西，我等就會四下去找石頭。長大後也保有這種條件反射。

有一次和朋友到他所在社區，見有一棵棗樹，樹上棗子結得滿滿的，一串串的，甚是愛人。我即下意識地往四周看了看，並在地上找石頭。那朋友趕緊拉住我的胳膊：「你要幹什麼？」

四幢後面那棵枇杷，雖不如八幢側面這棵大，但卻長得枝繁葉茂。有兩根條枝直接垂到了地面，上面結很多枇杷。你只要一貓腰[注]，很方便的就能摘到。那樹為了生存，有意讓人嚐嚐它的酸甜？

園工也果然沒把它剪掉。由於它的庇護，樹下的灌木和雜草得以保留，並長得極好。許多的植物參雜著金黃色的落果，樹下滿是自然的氣息。夜晚，這裡便是小動物的樂園，往那經過，你常會嗅到狐狸的味道。

我終於發現，「襲擊」枇杷的是「核桃老倌」。一種頭戴黑色冠羽，身披淺灰色斗篷的小鳥。牠們的「襲擊」多發生在清晨或傍晚。牠們都是常結伴而來，行動詭祕。

幼時很熟悉牠。蘭進、蘭昆兄弟倆和我養過很多鳥，也很想逮這種「核桃老倌」，但從來沒抓到過牠。牠比麻雀略大，叫聲不甚悅耳，只有的「吱吱」、「咕咕」簡單的幾聲，聲音平淡，但是牠那身「黑禮帽，淺灰色斗篷」的行頭，卻讓牠風度翩翩，很是神祕，很像中世紀歐洲的騎士。

枇杷開始是零星成熟，隨後忽然一天，同一棵樹上的絕大多數枇杷一起成熟。

這天清晨，天氣寒冷。一幢前那棵枇杷和它周邊的樹上，「吱吱」、「喳喳」的聲音很大，一大群「核桃老倌」聚集。這棵樹的枇杷熟了。鳥兒們輪番出擊，完全就是「鬼子掃蕩」。大夥歡聲笑語，平時的詭祕與矜持全不見啦（了）。

社區裡的枇杷樹情趣多。

注：雲南話，「彎腰」的意思。

19

正義的耳光

「遇到流氓請忍氣吞聲，不是因為害怕流氓，而是因為害怕法律，因為法律比流氓更可怕。」

法院開庭。

被告劉某係北京一公司高級軟體工程師。這年五月，他乘坐動車回天津，途中遇到一姓李的乘客，買了二等無座票，卻非要坐在一等座上，又拒絕升艙，不服從列車員的管理。

李某提出無理要求，始終一直占著一等座拒不離開，與列車員爭執不休。李某不講規則無理取鬧，早就引起了在座另一邊的劉某的不快。劉某說自己「就是見不慣這種不文明，不道德的行為」。

李某的行為豈止沒有文化，不文明，不道德；簡直就是霸道！

原先劉某只是在用手機拍視屏，像今天多數人一樣，只想發視屏爆料，但李某的長時間與列車員的蠻橫爭執，最終激怒了劉某，衝動的一幕隨即發生：劉某起身「啪！」狠狠地搧了李某一個嘴巴，並重重地揣了他一腳。對於李某的蠻不講理，劉某餘怒未消，又抬手給了李兩拳。這兩拳對李眼部造成了輕傷。

「儘管李某的行為影響了公共秩序，但理應由鐵路或公安部門來處理。」有媒體竟這樣評說。

就這幾天，還是在這動車上，有鐵路公司的幾個人把動車司機和乘務員休息的座位給占了。司機並不認識這幾個人，幾個人聲稱他們中有鐵路公司領導。

那司機對他們說：「這幾個座位是專門留的，並沒有對外出售。」「是領導就更應該遵守制度。」這幾人便罵司機「寶氣」注。雙方在動車上爭執起來，引來眾人圍觀。

這司機說的對呢嘛（很對）！但媒體報導此事，回避評價誰是誰非，滑頭地寫成「鐵路公司批評了當事人」。哪邊也不得罪，根本不敢表明自己的觀點。我們的輿論就是一不講是非，不講正義的孫子。哪有作為輿論的社會責任和擔當？

本案法官以故意傷害罪，判決劉某四個月的拘役，緩刑六個月。李某六萬多元醫療費判決由劉某承擔。

主審法官聲稱「本案主要的是用暴力的形式，以暴治暴」、「觸及法律，得到法律的否定和評價」。

你不會再判輕一點？醫藥費就應該讓李某自己出一半嘛，這事完全是李某的無理取鬧和霸道引起的。

法官即代表法律，這是國人的簡單邏輯，中國法官的自詡。如果法官的水平臭，他也能代表中國法律？

對此網友評價：「遇到只會翻條款的法官只會打擊正義。」

「遇到流氓請忍氣吞聲，不是因

王盡遙／繪

為害怕流氓，而是因為害怕法律，因為法律比流氓更可怕。」

網友尖銳的指出了法官司法，民主司法的問題。很顯然，無論法律怎麼規定，並不能解決這類問題。這些年的道德滑坡，世風日下，與法院司法、輿論導向大有關係。人們怕事、躲事。遇到不講規則、不文明、不道德的行為，採取行動之前，人們要盤算各種風險可能，主要就包括中國法官將來會如何判決。算計完畢，人們往往只會「算啦，別去惹事」。

本案中李某就是一潑皮無賴，不講規則還特別霸道。劉某搧他耳光，顯然是居於正義，以正義的名義！

輿論導向、司法判決，反映了社會評價，社會正義；它會決定人們的行為方向。問題很清楚，法官並不能代表法律，追求法治必須關注民主司法的問題。聯想到一些國家的實行陪審團制度，有文章說「Jury」這詞原本的真實意思是「臨時公民裁判團」或「臨時裁判委員會」，要由公眾憑自己的常識和良知來裁判，不能任由法官獨斷。這很有它的道理。我們並沒有真正學會人家的陪審團制度，我們的「人民陪審員」完全是個擺設。

庭審後劉某接受記者採訪：「平時比較喜歡看《水滸》，魯提轄拳打鄭關西、武松醉打蔣門神。」「看多了，做事就比較衝動。」

劉工見義勇為，行事出於良心和責任，簡單的價值判斷；沒有自身利益考慮，「路見不平一聲吼」，其仗義可敬。劉工率性而為，該出手時就出手，絕不瞻前顧後猶豫不決，沒有人們的這多算計，其率真可愛。

劉工形象是這等高貴！齷齪李某就是該打。對李某就該搧他個大嘴巴！直打得這狗日的踉蹌倒地才好。

注：四川話「傻逼」的意思。

20

炒鹽豆

新鮮蠶豆，連皮煮過，放椒鹽炒或者茴香炒！四月間也可用香椿來炒，味道也很妙。新鮮香料一攪和，那豆香更充分。「炒鹽豆」的這幾種方法，很多人喜歡。

新冠疫情，在家憋得實在受不了。我給教授打電話：「今天的課上完了？晚上出去吃飯！」

黃土坡接上他，兩人直奔西山腳下。

西山腳下環山公路邊，有一段連著有一些餐館，其味道各異。在一個丁字路口，正對著滇池，有一家小回族飯店，名叫「清真伊牛菜館」。他家的牛肉特別香，小菜也炒得好。

原先我們的網球俱樂部，在紅塔基地打完球，喜歡跨過滇池，來這吃晚飯。

我倆到了這家小飯館，葷菜仍舊點了油淋乾巴和牛雜碎，小菜點了炒瓜尖和炒鹽豆。瓜尖是南瓜尖，我特意囑咐師傅要放蕃茄和酸筍炒，瓜尖切成大截，要擱大蒜。這樣紅綠白都有，顏色漂亮，味道酸爽。

教授不忘他的包穀酒。

不知為何，雲南人把蠶豆叫「鹽豆」。客人點菜：「炒一盤鹽豆，」實際

20
炒鹽豆

要師傅炒一盤青蠶豆。

新鮮蠶豆，連皮煮過，放椒鹽炒或者茴香炒！四月間也可用香椿來炒，味道也很妙。新鮮香料一攪和，那豆香更充分。「炒鹽豆」的這幾種方法，很多人喜歡。

牛肉壯，豆子香糯，再加上瓜尖的酸爽。倆人吃得口滑。

今天是放茴香炒，這家的鹽豆炒得真好。我伸頭進廚房去問老闆娘，一位胖胖的姑娘：「鹽豆一定要煮過？要煮多長時間？可不可以生炒？」「這蠶豆是在哪裡買的？」

豆的香糯不由得讓我想起知青時種蠶豆的情景。

下鄉那地方，老鄉說蠶豆的「豆」字，會捲舌帶「兒」音。雲南人很少這樣發音。「整幾顆豆（兒）來吃吃」。這聲音很是親切愛憐，反映老鄉對蠶豆的情感，蠶豆對於當地人的重要。

播種蠶豆在當地叫「點豆（兒）」。

水稻剛割完，稻田仍然潮濕鬆軟，但已經不泥濘。田野裡長著綠油油一層青苔，踩在上面感覺軟軟的，不會深陷下去。

點豆的人手持一截小樹棍，彎腰先在泥上插一個洞，然後另一隻手用手指，將泡過的豆種用力按到那洞裡。這情景很像楊朔在他的散文〈荔枝蜜〉裡，描寫農民插秧的情景：「我沉吟地望著遠遠的田野，那兒正有農民立在水田裡，辛辛勤勤地分秧插秧。」「他們正用勞力建設自己的生活。」

那情景確實美。

楊朔的散文著力謳歌勞動人民。「人民像蜜蜂」，「蜜蜂在釀造生活」，「生活像蜜」，但我們現實的體驗，卻並沒有那麼美好。

剛割完稻子，田裡留下稻茬實際很鋒利，泥裡還有很多尖銳的異物。「點豆」會扎傷你的手指，劃傷你的手腳。很多人不一會手腳都見血啦！特別細皮嫩肉的女知青，疼痛難忍，苦不堪言。

豆種按到地裡沒幾天，生產隊又安排我們去「控豆溝」（給豆田挖溝排水）。這可不像「點豆」那麼「輕鬆愜意」。挖出的泥巴很濕很重，牢牢地沾在鋤頭上，鋤頭便很難揮動。這完全是個力氣活，但這活計屬於「農閒」時的活計。「農閒」季節，農民和知青，大多是空腹下地幹活。

很快大家就餓得受不了啦。這當然是因為違背了偉大領袖的親切教導：「忙時吃幹[注]，閒時吃稀，平時半幹半稀。」但說句實話，那時實在是沒什麼可吃的。

臨近中午，人們已經「前胸貼著後背」，餓得實在不行。有村民用手指把田裡已經發芽的豆種，從泥裡摳了出來，就著田裡的水涮涮，匆忙送進嘴裡。大家也都跟著這樣，摳豆種來充饑。雖然明知這豆種是用農藥泡過（防蟲）。饑餓讓人不管不顧。至於蠶豆不能發芽，可以告訴生產隊，「那豆種一定是被蟲吃了」。

有一位生活經驗豐富的知青母親教我，農閒出工你可悄悄地在口袋裡抓一把花生。但我們一個宿舍有六、七個知青，哪來這許多花生？知青們「有苦同吃」倒是常態。

除了〈荔枝蜜〉，我還讀過楊朔的〈茶花賦〉。他是我的山東老鄉，當代作家和散文家。他才華橫溢，饑荒年代仍能寫出〈茶花賦〉，喊出「童子面茶花開啦！」的讚美。

當時在人們臉上，看到的應該是菜色。

楊朔的作品基調是愛國主義，歌頌新時代，新生活。看了他的作品很是提氣。他是那個時代文人的代表，但人生吊詭難料，雖然唱的都是讚歌，文革中楊朔仍被重點批鬥，受殘酷折磨。「一九六八年他上書領袖，要求與單位領導談話，均遭拒絕，絕望自殺」，終年五十八歲。命運悲慘。

楊朔的文章雖然漂亮，但缺少真實。他像我們大多數人一樣，不敢說真話。我們的作品、我們的讀者能不能，敢不敢直面真實，說出普通人的感受？不要說在過去，就是現在，不也是我們社會面臨的最大、最基本的問題？

作家方方因為「講了真話，有良心」，便被罵「叛國」、「漢奸」、「為敵人送子彈」，但是她「只是說了一個公民應該說，而很多人不敢說的話」，「所述極溫和，提醒了一些注意事項，鼓勵大家一定要堅持」。

人們依舊回避現實，「只說正面，不說負面」。美其名曰「家醜不可外揚」、「正能量」、「講政治」。把自己的膽小自私貼上「愛國主義」、「懂得感恩」的標籤，牛逼得很。

但病毒可不吃你這套，用這套東西戰勝不了疫情。有一篇文章歸納得好：「對付病毒、戰勝疫情，本沒有什麼英雄主義，需要的是客觀真實。」「要講常識，尊重科學。」「愛國首先是要直面真實，要講真話，辦實事。」

有人說關鍵時候要弘揚「正能量」，講究「提著一口氣（正氣），用氣撐著（頂著）」！強調「逆流行」。但很明顯那樣是會出問題的。

真實情況，鹽豆雖然好吃，但吃多了肚子裡便會產氣。這就是現實，或許你也能忍一下，但並不能一直硬撐著。

還好，教授明天就沒課。

注：雲南話，「乾飯，相對於稀飯」的意思。

21

撫仙湖遇險記

那湖水晶瑩剔透，水質優良，可直接飲用！明代旅行家徐霞客在他的遊記中記述：「滇山惟多土率，故多壅而成海，而流多渾濁，惟撫仙湖最清。」

離昆明只有五十多公里的撫仙湖是個絕好的去處。

撫仙湖面積並不大，但平均水深卻有九十三公尺，最深的地方一百五十九公尺！據說它是全國平均水深最深的淡水湖。真讓人有些想不到。撫仙湖的淡水儲備居國內的第三位，戰略意義重大。

那湖水晶瑩剔透，水質優良，可直接飲用！明代旅行家徐霞客在他的遊記中記述：「滇山惟多土牽，故多壅而成海，而流多渾濁，惟撫仙湖最清。」因為湖水很深，湖水清澈。天晴時從遠處觀看，撫仙湖呈現一種非常奇異的藍色。更奇怪它的湖面竟然是傾斜的，雖在群山懷抱當中，那湖水卻像是隨時要從湖裡倒出來似的，非常神祕。

傳說曾有肖、石兩位神仙經過這裡，「兩人被湖光山色所迷，竟然忘了返回，日久天長變為兩塊並肩搭手的巨石」，故這湖被稱為「撫仙湖」。神仙被湖水細細撫慰。

因為湖水深，水體的能見度極好，上世紀這裡曾經建有魚雷實驗場。據說所實驗的魚雷是準備用來打某國潛艇的。

於是，大白天的實驗魚雷會從湖裡竄出，鑽到農民的水田裡，把正在勞作的老鄉嚇得夠嗆。等到魚雷實驗成功，卻已經難以追上那國潛艇。於是海軍便拒絕接收。最高領導火了：「沒有老子哪來兒子（仔）！」（意思是現在的不行，以後會行的）「統統給老子收下！」

如此裝備，我的意見比劃比劃就算了，千萬千萬可別真打。

魚雷實驗對湖水的影響很大。據測量撫仙湖的水體能見度已經下降。

這年七月盛夏，我們又去了撫仙湖。一行人有「嘟嘟」和「洋洋」兩家；甘磊兩口子加上蘭生和我。我家的英國鬥牛犬「醜妹」、洋洋家的小狗「歡歡」也去了。

到撫仙湖後，「歡歡」因為暈車被留在了旅店房間，「醜妹」不暈車又係撫仙湖常客，隨我們直接到了湖邊。

那天湖水清亮，水草蔥綠，水底的細石色彩繽紛。不用人吆喝，「醜妹」

就直接蹚水下湖。牠非常喜歡那湖水，大眼睛和那張肉嘴直接伸進了水裡，在水裡東張西望。小女孩「嘟嘟」用力拉著牠。牠上岸後在湖邊白沙上使勁打滾，讓白色的細砂附著在皮膚上，舒服得不行。

眾人決定租鐵殼船去湖裡遊玩，這船不是用槳划而是用腳蹬。上船前遊客被要求一律穿上黃色的救生衣，還可以租「救生圈」、「跟屁蟲」等救生用具。因為頭一天感冒刮痧，背上起了水泡，那天我並不準備下水。經「洋洋」他媽提醒，我很隨意地穿上了件救生衣，但只扣了最上面的一個釦子，游泳鏡也沒帶。

接近湖的中心，鐵殼船慢慢地停了下來。「嘟嘟」率先跳下水去，有個救生圈與兩個跟屁蟲隨著她。同去幾人也先後下得水去。無論怎麼吆喝，「醜妹」就是不下水，你若推拉，牠四個腳掌緊緊扣住船，死活不肯鬆開；牠還對著正在游泳的甘磊等直叫喚，隱約表現出某種不安。

「洋洋」媽勸說「洋洋」下水無果，自己拉開架式游了起來。

到現在為止，一切都那麼平靜，並沒有什麼異常。

這時，蘭生指了指西邊：「李處，你看有雨雲來了，就要下雨啦。」我順著他指的方向望去，有一團雨雲正朝這邊移動。那裡雲和雨交織在一起，如同一個大大的紡錘。現場並沒有人把蘭生說的當回事，只有「洋洋」媽因為游累了爬上船來。

一轉眼，那坨紡錘狀的雨雲就湧到眾人的面前。在眾人眼皮底下，它驟變成一條蛟龍，用力上下盤旋翻滾，把湖水攪成一個巨大的漩渦。湖水洶湧異常，伴隨著風雨交加，那場面非常嚇人。

水裡的人立即被沖得七零八落，變成了一個個很小的黃點。我跳下水去，奮力朝著最近的小黃點游過去，想要救人。下到水裡才感覺，因為只扣了上面的釦子，救生衣翻轉飄了起來，人是落不下去，但卻嚴重影響游泳。一轉眼前面小黃點就不見了。

這時我深深地感受到，在大自然當中人是這麼的渺小無奈，掙扎根本無用，只能任由湖水把你晃來蕩去。

湖水的旋轉，把我和甘磊聚在了一起。甘磊用力在喊他媳婦。我忙問他：「她也下水啦？」甘磊道：「下了嘛，但她不會水啊！注」他的聲音很是絕望。他大喊大叫，我的心情也變得像這湖水一樣的沉。

遠處傳來他媳婦的聲音：「甘磊，你不要喊，要保存體力，我沒事。」她倒是很冷靜，還好她套了兩個救生圈。

湖水又把甘磊媳婦和我們沖到了一起，甘磊奮力游向一條鐵殼船。那是條划兩人的船，一開始船上的人就是不讓我們上船，怕人多給弄翻了。

終於我們爬上了自己的船，還好眾人皆在。「嘟嘟」被她爸爸救起，「醜妹」蜷縮在椅子下面，抖成一團。

晚上旅店燒烤，慶祝今天的脫險。劫後餘生，大夥拚命地吃，絕不能虧待自己。連「醜妹」都吃了太多，吐了一堆一堆的。

中華田園犬「歡歡」則高興得很，來回亂竄，顯然因為牠沒下湖，躲過了這一劫。

注：雲南話，「不會游泳」的意思。

22

「一女二嫁」

現在是資訊社會，資訊爆炸，資訊多了去了。今天這事有人關注，明天也就淡了，後天再無人記得。

忙亂了快三年，紫荊建材超市基本完工。

該建材超市占地有三百多畝，就在昆明城市的南面，緊靠高速公路。這條高速通往南面的「城市新區」。那陣子新區的建設即將開始，許多商家都看好這個項目。前期籌備就有福建佬來投資入股，到超市建成，有人更是提著現金來租鋪面。

我從來沒有見過這麼多現金，碩大的旅行包裝得鼓鼓的！我看得眼神發直。超市的籌備方忍不住自己的狂喜。

就在這時，籌備方突然接到了一家房地產公司的公函，說該超市的建設屬於非法用地，他們房地產公司才擁有該地塊的合法使用手續。該公司附上了該地塊的「國有土地使用證」影本。

究竟怎麼回事？這不奇了怪？該超市所用地塊明明是正規操作，超市籌備方「以項目拿地」，走的是「解決滇池地區土地遺留問題」的路徑，籌備方以此申請該地塊國有土地使用權。專案已通過了初審備案，籌備方按程式正等著繼續交錢拿證。要發土地證也應該發給我們籌備方啊！

籌備方找對方嚴正交涉，自然無果，還有比手持「國有土地使用證」更硬的？這事情究竟該如何處理？

找當地政府？「一女二嫁」，亂行法度本來就是它！找人大、政協？「舉手單位」、「橡皮圖章」更沒用。向法院起訴？有哪家法院會受理？但該找的我們還是一一找了，沒人答理。

對方在超市裡貼告示，並找人尋釁滋事。超市裡彌漫著恐慌。我們到派出所報案，也沒人理會。

這天對方貼出了公告，正式通知超市租戶：「後天中午十二點前清場，否則後果自負！」對方要動武。

據可靠消息，對方請了一百多個專業鬧事之人，當中有戴頭盔拿警棍，體委「吃打飯」的專業打手！

「怎麼辦？」「怕是（估計）只能以暴制暴！」按商量結果，出資入股的福建人從另一家建材市場找來了一大幫老鄉，足有四百多人，由強悍的人領頭。這些人預先全部埋伏在超市。

那天時間一到，對方果然頭盔警棍的來了百餘人。

我方在超市埋伏的人打電話來請示：「怎麼辦？」「真打起來咋辦？」這邊回應：「趕快把隊伍拉出去，先排列隊伍。」「要擺出陣式，把對方先嚇住，這樣反倒能夠控制局面。當然也一定要弄出點動靜來才行。」

放下電話，我方埋伏的人即蜂擁而出。對方那一百多人，見我方有四百多人，且來勢洶洶，嚇得丟盔棄甲四散奔逃。有的直接爬上了路邊大樹。

我方把對方的幾輛車砸了！接下來乒乒乓乓，雙方一通棍棒，但人卻沒怎麼傷。對方完全被這邊壓住了勢頭。那夥人撤退前還是屙了截硬屎，領頭的大聲道：「原來是認識的，今天先放過你們。」「回去拿三十萬，我們就不來了。不然的話你們等著！」

「紫色荊村方向發生械鬥。」消息很快傳了出去。

「這影響穩定」、「影響安定團結大好局面」。很快警燈閃爍，警車及其他車輛在周圍亂轉。各種單位的各種人都來人啦，完全不似前面那種冷屁嗖嗖的情況。

派出所主動把我們找去，我給他們講述該地塊的報批備案情況。

「律師，你還在這講法律。」「車子都砸爛了三張！方向盤都扭成麻花啦！」派出所所長說道。

雖一臉嚴肅，但我心裡實則痛快得很。最終忍禁不住，當著他的面我竟笑出聲來！

「太好了，終於有人關注這事了。」「對方也再不敢叫囂『清場』，不敢亂來了。」

第二天有報紙進行了報導，事態會如何發展？大家心裡又有些沒數，畢竟平時被管慣了。當下大家開會商量。

我給他們分析：現在是資訊社會，資訊爆炸，資訊多了去了。今天這事有人關注，明天也就淡了，後天再無人記得。何況發生械鬥，原因不在我方，是有關部門「一女二嫁」造成的，我們實屬無奈。

多少年過去，那土地仍是我們在用，土地證則在該房地產公司手裡。聽說因債務糾紛，房地產公司老闆已經跑到國外去了。

「一女二嫁」，娃娃都生出來，並長大了。不知道這事最後如何了結?!

23

芹菜

人們主要就吃這桿桿，「白芹炒牛肉」，把牛肉切成末，放青椒或乾辣椒，還要放點花椒，快速翻炒，要炒得很嫩，那香味撲鼻。您可要小心口水。

芹菜好吃。放幾顆乾辣椒來炒它，或者涼拌，絲絲香甜，而且很脆，味道非常特別。幼時看兔子吃那芹菜葉，紅嘴綠葉，雖無大的聲響，兔子卻吃得飛快。我懷疑這一定和兔子的豁嘴[注]有關。有小朋友斷定，喜歡吃芹菜的人必定是兔子變的，長著豁嘴。所以我便不敢承認喜歡吃芹菜，怕小朋友說我是豁嘴。

昆明市場上最多的是白芹。經過人們的長期培育，這種芹菜的桿桿（莖）很長，誇張的長。人們主要就吃這桿桿，「白芹炒牛肉」，把牛肉切成末，放青椒或乾辣椒，還要放點花椒，快速翻炒，要炒得很嫩，那香味撲鼻。您可要小心口水。

沒有記住是從什麼時候開始，街上有了西芹。它比本地芹菜體量要大許多，特別是那淡綠色的桿桿，水分特多，嚼起來「嘎嘣脆」，口感確實可以。「西芹拌黃瓜」，用油熗，再加上點花生米提香，有一陣子成了我的一道保留。

有一次到朋友辦的農場閒逛，無意中轉進了蔬菜大棚，看見裡面種有西芹。長得很肥碩，青翠欲滴。我見西芹的桿桿和葉子上有厚厚一層灰燼一樣的東西，忙問那是什麼？他們告訴說是農藥。西芹在這異鄉瘋長，但蟲害也特別嚴重，得這樣用農藥把它保護起來才成。

我驚得說不出話來。從這以後再沒有我做的「西芹拌黃瓜」，在外面我也從來不點！

邊疆少數民族地方，人們也常吃一種水芹菜。它生長在水邊，比較前面的，它的長相可謂原始。莖部不是很發達，葉子很多，比較均勻。水芹菜保留著自然生長的樣子。它雖很香，但味道有些辛辣。少數民族婦女用水豆豉來拌它，味

道驟然間起了奇妙的變化。有的還加豆腐和番茄，於是在那陶碗裡，紅的綠的白的。「涼拌水芹菜」色香味俱全。

昆明本地還有一種綠芹，這種綠芹和前面白芹有血緣關係，但桿桿沒有白芹那麼誇張，葉子也很多。你要用筷子把多餘的葉子撣掉。這種綠芹的味道非常香，知道有人把芹菜叫香菜，一準就是指這種綠芹！

每次買回這綠芹菜，我都會把頭埋進去，深深地聞上一聞（嗅）。

它香味是那麼清新自然，實在難以用文字表達。

注：雲南話，「兔唇」的意思。

24

秋悅

她嫉惡如仇，眼睛裡容不得沙子，卻把火錯誤地燒到我這來了，我根本無力招架。

24

秋悅

朋友中有女士名秋悅，網球打得頗好。業餘網球選手，往往發球和打反手不行。秋悅的反手動作到位，不僅有力，而且很有些變化。明顯地她用上了腿部、腰部的力量。有了這突出的技術，她會盯著你的弱點打，加上網前不錯的表現，比賽她很有些了得。

秋悅是省體委的子女。幼年時有專家給她拍了「骨頭片」，綜合父母的身高各方面資料，預測她將來的客觀條件不錯。體委「藍球少訓班」把她作為重點培養。不知怎的，後來她基本沒怎麼長，但努力訓練的成果卻很明顯。由於客觀條件的限制，在競技場上她很肯動腦子，發揮主觀能動性。這在網球上表現得很充分。

這回參加本市一業餘網球賽，她得了亞軍，她在微信上曬了得獎照片，頗有些得意。

「很簡單，如果不請吃飯，我們便不承認妳這亞軍。」我回應她道。

那天是在櫻花賓館吃的泰國菜。吃了烤雞，喝了紅酒，我覺得很有面子。晚餐後我請她在星巴克喝咖啡。結帳時微信掃碼付款，點開二維碼，把我手機遞了過去。那漂亮的女服務生看了看，對我笑笑：「先生，你的二維碼是加好友的。」

周圍的人都抬起頭來看著我。

不僅有這事，那天聊得高興，我真把她當成了紅顏知己。聊了很多話題，說來說去，不知道怎麼的就聊到公務員待遇問題。

「你們處級幹部憑什麼，花十幾萬就買幾十萬的車子？」「用幾十萬就可以買上百萬的房子？」她憤憤地。

我惶恐不已，低聲解釋：「我並沒有享受過這類待遇。」由於是真的沒有占到這類便宜，極度慚愧之下，我竟然有些語塞。她更是不依不饒。

「還說沒有。你要知道，我又不是不認識別的處級幹部！」

我只得拿出手機來翻，原本只是想轉移下注意力，緩和下矛盾，不想她更不得啦[注]，厲聲道：「我在跟你說話，你玩什麼手機？」

她把打網球那套搬出來啦！盯著你不放。她嫉惡如仇，眼睛裡容不得沙子，卻把火錯誤地燒到我這來了，我根本無力招架。

這天晚上，兩人都惱火得很，最後在交三橋分手，各走各的。

真沒想到那天的大餐後會是這麼個結局。

注：雲南話，「不幹了」的意思。

25

緊急事件

這次醜妹犯下大錯，該如何懲罰牠，家人存在很大分歧，但大家一致認為規則不能不講。不僅對狗，對人也是如此。為保護拯救生命，要舉報那些放棄職責的人。

妻一回家，必是先問：「狗餵了嗎？」並不會先問人的情況，可知這狗在家裡的地位。

這只狗名叫「醜妹」，一隻英國鬥牛犬，女兒從四川帶來的，所以有個四川人的名字。這狗小時候曾經走丟，後被女兒收養，兩個感情了得。

這天妻的心情極好，照舊又去抱那醜妹。不料想因女兒在場，醜妹反感別人打岔，扭頭就把媳婦的耳朵給咬了一下。

「咬破啊！」我驚得叫起來。「趕快去防疫站打疫苗！」我急忙叫了專車把她娘倆送上車。臨開車我大聲叮囑：「疫苗一定要打進口的，國產疫苗靠不住。」

在省防疫站疾病防控中心，醫生告訴她：「妳這是三級暴露，要打狂犬免疫蛋白，但我們這裡沒有資質不能打。」「要到周圍的富民、晉寧防疫站或者玉溪人民醫院打。」「建議妳去玉溪市人民醫院，這家醫院二十四小時接診。」媳婦、女兒被防疫站的人說得一頭霧水：「省防疫站不能處理，反倒是要跑到周邊的地州去？」

接了媳婦電話，我火速準備。

有朋友電話裡提醒，市裡面社區醫院應該可以打。妻子手機搜尋了市防疫站在社區設的點，想再作努力。趕到那裡又被告知：「星期天這沒人值班。」「也不一定有這種蛋白，要等到第二天才能知道。」

我們只好連夜直奔玉溪。玉溪離昆明有一百多公里，路上幾無話說，只有焦急和鬱悶。「人家是有事往省城趕，我們反倒要往地州跑。真奇了怪啦。」「如果玉溪也不行，沒有人上班或者是沒有資質，豈不是要出人命？」我大聲道。

長春等地「問題疫苗」案件[注一]發生後，各地開展了轟轟烈烈專項的整治，就是這麼個整治效果？形式主義牛逼烘烘，大家更是「多一事不如少一事」，真出了情況乾脆就沒有人管，公然放棄職責。

這天奔玉溪，我的車速平均一百多公里！直到看到了「玉溪市人民醫院」那幾個大字，我愀著的心才舒緩了下來。對於省防疫站的解釋，那裡的醫生也表示了強烈的不滿：「放屁！」

打了疫苗我心裡的石頭才算落地。我和妻去了醫院對面的步行街吃晚飯；這裡的餐館林立，燈火輝煌。真想喝上兩杯！但礙於嚴禁酒駕，只得吃了些冒菜注二。回想起今天這驚心動魄的事，我憤憤對妻說：「這醜妹真的無情，平時妳對牠還這麼好。」

「醜妹是有些無情，不像庫克。」妻說。

「庫克」是之前我們家養的那隻松獅犬。「狗都怕洗澡，給庫克洗澡，牠也會發火，但牠不會真咬，最多只會用嘴含著你的手。」妻說。

從玉溪回來，醜妹躲到了房間的旮旯裡，不敢正視我們。平時醜妹也是斜著眼偷看人，像流浪狗那樣，表現出膽怯。女兒講過牠的坎坷經歷，飄泊身世。

成都錦江邊有一段茶館林立。傍晚有很多人在這裡喝茶納涼，「擺龍門陣」（聊天）。幼時的醜妹在這裡與主人走丟。聽茶館老闆說，最先牠曾被一對青年夫婦領走，但沒有多久這對夫婦就把牠送了回來。可能是小狗沒有經過嚴格訓練，行為不夠規範。在這之後但凡有轎車停下來，車門一開，醜妹就不管不顧地往車上衝！

這天好不容上了一對情侶的奧迪，但又被趕了下來，醜妹仍奮力追出去很遠。這對情侶只好停車把牠帶走，「醜妹」的名字就是這對情侶給取的。

這對情侶原本是喜歡狗的，但在醜妹之前他們已經養了兩隻狗：北京犬「根根」、另一隻不純的拉布拉多「鬧鬧」。醜妹的到來，三隻狗的關係立時緊張起來。

北京犬根根已經是一條老狗，牠倒是不參加打架，但醜妹與鬧鬧的打鬥卻異常激烈。拉布拉多犬鬧鬧憑藉體型壓制醜妹，占有明顯的優勢，醜妹的脖子上被咬了一個一個的洞。醜妹只能以命相搏！

一次醜妹想好決定的一招。牠瞅準機會，低頭朝鬧鬧用力撞去——不料想卻誤撞到了根根！根根的下巴都被撞掉，只好送到寵物醫院手術把下巴拿掉。

從此那對情侶只能給牠餵流汁。

醜妹這下可闖大禍，主人真生氣啦，根根畢竟跟了他們很多年。醜妹又只得含淚離開。在這之後女兒收養了牠，醜妹過了一段舒心日子。但好景並不長，女兒轉到重慶繼續上學，醜妹只得去物流公司打工看倉庫。最終輾轉才來到昆明。坎坷的經歷，屢遭遺棄，牠才會用流浪狗的眼神看人。

對喜歡狗的人來說，「狗是觸及靈魂的動物」。

這次醜妹犯下大錯，該如何懲罰牠，家人存在很大分歧，但大家一致認為規則不能不講。不僅對狗，對人也是如此。為保護拯救生命，要舉報那些放棄職責的人。

恰巧妻是區政協委員，這幾天政協要開會，她埋頭準備議案。我滿以為這事件將致一個政協議案的生成：「努力做好疫情緊急事件處置，加強對人生命健康權利的保護。」我便去提議，不料想她說這事還沒有調查；並且根據以往情況，省市部門的問題，區這一級管不了。

自個的親身經歷還不行？還需要怎麼調查？涉及人生命健康的事還是無人能管？

注一：長春長生生物科技有限公司被發現，其凍乾人用狂病疫苗的生產存在記錄造假等行為。在此之前，該公司生產疫苗就已經被發現存在品質問題（二〇一八年七月）。

注二：四川的冒菜，指的是各種菜，不只有青菜而已。

26

茄汁小丸子

煮牛肉丸子的湯，要用上好的火腿和海裡的一種鹹魚來熬。丸子的味道極其鮮美。

26
茄汁小丸子

雲南人把丸子叫「圓子」。

這東西吃過不少，常吃的是肉丸和豆腐丸子，其他如藕丸子、糯米丸子等等，偶爾也會吃到。

肉丸大有山東的「四喜丸子」、江淮菜「紅燒獅子頭」，看相紅火，解饞下飯；小的如廣東人的牛肉丸、魚丸。廣東人做丸子，選用上好的牛肉、魚肉，手工細細地處理，中間還用刀背拍那肉，以保證丸子的口感。做好的丸子摔到砧板上，要能彈到一定高度才成。煮牛肉丸子的湯，要用上好的火腿和海裡的一種鹹魚來熬。丸子的味道極其鮮美。

早先有個廣東朝汕的朋友，獨自租住在昆明新迎社區。多年過去，這朋友叫什麼名字？他是何相貌？是做什麼的？我統統記不住啦（了）；但他會做菜，他在住所裡自製的牛肉丸子，我卻從來沒有忘記。幾次去廣東，我都會買他告訴我的那種調味鹹魚，但因為他那樣的肉丸做不出來，所以那湯也沒啥大用。

丸子的鮮味和口感是關鍵，德宏芒市人做的人工牛肉丸子似乎悟出了些真諦。據說臺灣、香港的牛肉丸子也非常的不錯。等哪天一定去嚐嚐。

原來單位食堂時有時會做一種「茄汁小丸子」。眾口難調，多數人對食堂的東西是否定的，唯獨這「茄汁小丸子」是例外。

小丸子是豬肉做的，所用豬肉的部位及肥瘦搭配比例不大清楚，做得很精細。小肉丸只比蠶豆粒略大，煎炸後再燴它，起鍋時用新鮮番茄汁來勾芡，放少許綠綠的豌豆尖在裡面。這小丸子味道和口感都很好，還很有看相。估計這是食堂周師傅做的，他可是單位食堂老師傅啦。

每次食堂吃這小丸子，大家會爭相告知，然後在那裡伸長了脖子排隊。但不一會前面就會傳來消息：「小丸子沒有啦。」如果前面有劉建國同志，那就更沒戲。他是用盛湯用的中號碗來裝，堆得滿滿的、尖尖的！後面的人只能乾瞪眼。

劉建國我們經常一桌吃飯。他從部隊轉業下來，搞通訊技術的，個子雖不算大，但胃口卻很了得，身體很好。他喜歡下圍棋，擅長吹牛聊天，普通話說得標準，特別講起「小丸子」和各種美食，活靈活現。看著他碗裡的小丸子，我們的口水都要出來了，恨不能從他的碗裡搶些過來。

自助打湯[注一]，若湯裡有些內容，他的收穫一定是最多的。「一慢、二看、三靠邊」，他按當兵的口訣規範操作。海關學部隊搞準軍事化，大家根本搞不過那些當兵出生的同志。

基層海關流傳，到下面調研，他一次可以吃八套撒茶[註二]！他聽了很不高興：「什麼八套，誇張！」「六套倒是沒有問題的。」我也為他抱不平，「總關領導下去幫助你們解決這麼多問題，吃你們幾套撒茶算得了什麼？」

食堂是大家的主要福利，中午這餐對大家很重要。你也可以借這看出同事間的關係，乃至判斷他們的「三觀」是否相同。否則怎麼可能長期在一起愉快地用餐？以楊美麗為首的四人就組成了個「食堂鐵四角」。經長期的經營，這張桌子其他人沒人敢坐。只是楊美麗一走，這「食堂鐵四角」也就散了，讓人感慨。

記得食堂的牆上掛著葉淺予〈粒粒皆辛苦〉的素描廣告，提醒人們要珍惜糧食，不要浪費。這素描小時候母親在家裡也掛過，特別是農民撿拾稻穗的手和眼神，被葉先生刻畫得極其生動。這可真不是形式主義。反對浪費得到大多數人衷心擁護，大夥也願意自覺接受監督。楊美麗雖然胃不大好，但也不敢隨便丟東西。特別是美女孫調研在的時候。

有一天中午吃紅燒肉，我剛往廢物盤子裡丟了黑糊糊的一坨。孫調研即杏眼圓睜，狠狠地瞪著我。我慌忙解釋：

「那是一坨薑啊。」

註一：雲南話，「盛湯」的意思。
注二：雲南話說法，「八碗牛肉米線」的意思。

27

詐騙保險

其實以「營利為目的」、「營利賺錢」、「投機」，是我們人類最應該尊重的一個「基本價值觀」，經濟規律。正是在這個前提下，人的行為也才可以正常預測。

媒體報導，近日南京警方抓獲利用航班延誤實施保險詐騙的犯罪嫌疑人李某。經查，自二〇一五年以來，李某靠自己估摸成功近九百次飛機延誤，她用親戚朋友的身分資訊（購買機票及其延誤險），累計騙取理賠金高達三百多萬。

民警介紹，購買航班之前，李某會對航班以及當地天氣進行分析，選擇網上綜合評論延誤率非常高的（航班），起飛時候再去看天氣。她在心裡估摸後再去購買該航班及其對應的延誤險。目前她因涉嫌保險詐騙罪和詐騙罪被警方刑事拘留。注一

購買航班延誤險也算騙保？網友炸鍋。不得不佩服網友的眼睛賊亮，關鍵問題均逃不出大家的辨識。順著網友所指的方向，事情十分清楚。

一、「最怕玩不起翻（掀）桌子」

現實情況，推銷保險時保險公司是不擇手段，保險事故發生，該保險賠付時，保險公司則想盡一切辦法耍賴，甚至通過員警抓人。

「不要臉，自己定的規則，玩不起就抓人。」

「沒想到還真有只賺不賠的生意。」

二、「合理利用規則，也算詐騙？」

航班時常延誤，民航公司會以種種理由推脫責任，乘客苦不堪言。保險公司看見其巨大流量，瞄準了其中商機，紛紛推出這個險種。投保人與保險公司之間明擺著是一種合同關係，雙方自願簽訂，涉及的有關內容事先合同作了約定，所用保險合同亦是保險公司提供的格式合同。

「這應該算是風險投資，怎麼能算騙保呢？」

「規則你定的，我利用了你的規則，你告我詐騙？」網友發問。

三、「我還以為航班延誤是她製造的呢！」

網友的調侃，道出了其中的關鍵。

李某「屢戰屢勝」的前提是摸熟了天氣對航班的影響。警方通報：「李某曾經有過航空服務類工作經驗，可提前獲取航班取消或延誤資訊，她先網上挑選了延誤率較高的航班，再去查該航班的航程中有無極端天氣。」

咋一看「可提前獲取」的字樣，我吃了一驚，以為李某真有什麼手段，如「內外勾結」，「祕密竊取」獲得「內部機密資訊」。亂了半天，原來李某「提前獲取的資訊」完全是從互聯網上分析得來的；極端天氣的資訊也是靠天氣預報。這也可以算「虛構事實」？我眼鏡都嚇掉得[注二]。

四、雙方合同地位平等，機會對雙方是公平的

「那你倒是別延誤呀！」

「如果沒估摸準，那錢是不是就讓保險公司給掙了？」

「只准保險騙你，不准你騙保險。」

五、保險公司可以有異議，但通過員警抓人則是賴皮

至於能不能「用親戚朋友的身分資訊」，「購買多份航延險」則要看當初

雙方保險合同的約定，裡面有沒有航班必須「親自乘座」、「不許幫別人購買」的約定。當然對此保險公司可以有異議，甚至訴訟解決爭議。這是典型的合同糾紛。保險公司也可堵塞漏洞，甚至因為「延誤險的大頭都歸了航旅平臺」[注三]、「自己是個冤大頭」，不再搞這航班延誤險都是可以的，但就是不能通過員警抓人！就是不能賴皮！

六、如何對待「以營利為目的」

朋友議論此案，討論下來，很多數人集中到李某的「以營利為目的」。認為因「延誤」獲賠沒問題，但利用這個賺錢則有問題。「如果有意就存在問題，應該屬心術不正之人」，「以營利為目的」、「薅這類羊毛」屬於心術不正。

為什麼李某不能用這賺錢？保險公司經營延誤險，也並不是在做慈善，做公益，也是在用概率賺錢！李某發揮自己的聰明才智，用自己腦子分析研究，用概率賺錢則不行？為什麼？

其實以「營利為目的」、「營利賺錢」、「投機」，是我們人類最應該尊重的一個「基本價值觀」，經濟規律。正是在這個前提下，人的行為也才可以正常預測。我們必須以此來設計相關的制度，充分考慮人的這個「基本價值觀」，而不能去苛責人們。

「合理利用規則漏洞不可取，但要上升到刑罰處罰的程度更不可取」。網友的認識深刻。道德與法律必須要分清楚。

民事活動自願公平。李某依合同約定行事，保險事故雙方事先約定，而不是人為製造；李某的行為沒有社會危害性，何來的詐騙？相反她的行為對改進和提升航空服務品質，甚至培育保險市場都是有幫助的。

保險公司就是只進不出，見人賺錢就反悔，還通過員警抓人。

著實可恨！

注一：互聯網熱點文摘〈女子買延誤險獲賠被抓，網友怒了，不要臉，自己定的規則，玩不起就抓人！〉（二〇二〇年六月十日）

注二：雲南話，表示「很驚嚇」的意思。

注三：「AI財經社」仉澤翔〈航班延誤致富密碼〉（二〇二〇年六月十四日）

28

徒步金沙江

很快就到了吃東西的時間。果然，我並沒有去啃那幾個蘋果，有不止一個美女主動拿東西給我。我感到一切都是那麼美好。

「這個項目真的是去走金沙江」。

「說起金沙江，讓人首先想到它的『急』和『險』。」「但我們要去的那一段，旱季枯水期水流比較緩和，沿岸風光如畫。」「晚上找柴火在河灘上燒起篝火，用江水做飯煮菜。」「夜裡兩人一頂帳篷，自由組合。」「仰望滿天星星，悉聽陣陣濤聲，你一定可忘卻城市的喧囂和煩惱。」

周同學專業搞旅遊，大家都叫他周導。那晚聚餐，周導一再鼓動，大家最後商定，隔天一起陡步金沙江。在這之前多數人互相並不熟悉。當晚說好的是「不准帶貓頭鷹！」（不帶家人）

出發那天，我老普普的（老老實實的）一個人就去了。先要在火車站集合，坐一段火車，然後再步行。

三天旅程，每人先發部分食品，有麵包、八寶粥、火腿腸和水。我領了自己的一份，還幫周導也拿了一份。我把東西舉給他看：「吃的東西我已經拿了。」導遊也需要關心。

登上火車，我們這一行人占去了半節車箱。我把兩包食物放上行李架，準備坐下來和大夥打打招呼，相互認識一下。大夥都還在最初的興奮當中。就在這時，周導擠過來對大家說車箱給弄錯了，要趕快換地方。大夥一陣忙亂，忙著轉移車箱。我一回頭，那兩包食品不見了！不知誰拿了？

那些東西每包都是一樣的，根本就分不清誰是誰的。我一急，忙把這情況告訴了周導。沒想到聽了這個，周導竟然轉過身去。想想也是，遇到這情況，不大可能去找大家理論，誰又會承認自己拿了別人的那份？這會搞得大家不愉快。

我定睛一看，周導沒帶「大貓頭鷹」，但卻帶了「小貓頭鷹」。那小貓頭鷹的手裡拎著兩包食品，「他倒是有吃的了」。一想身上只有幾個蘋果，我心裡有點慌：「這回要挨餓啦！」一時間我竟沒想到可以用錢解決問題。

「稍安勿躁」。我給自己打氣：「就不相信沒有人約我。」「真的會餓著？」果不多會兒，便有女士叫我。「李律師，來我們這打牌嘛。」

叫我的是二個美女，一個帶了大小兩隻貓頭鷹，另一個單身。帶貓頭鷹那位，當著我的面整理他們食品：「這是今天吃的」、「這是明天的」、「這是後天的」。就像有意說給我聽，聽得我心裡直慌。

我打牌水準很臭，也因為打牌的兩個對手，仗著自己是美女，耍賴兼作弊。我們輸得一塌糊塗。

「李律師，出梅花」。後面傳來十分悅耳的女聲，隔壁座位的女士看不下去，在後面幫我。

這是一位美女軍醫，長著兩隻鳳眼。她此間正在重慶第三軍醫大攻讀碩士，長得漂亮還是專家，真真難得。這次旅行我們分在一個組。她和我很聊得來，但她的閨蜜巴蒂卻很不高興：「李律師，你們律師就是喜歡無組織，無紀律。」「你應該和 XX 作對子，不要總是什麼事都自己做主。」

除去周導，巴蒂也是此行的負責。她目光炯炯，風格強悍，說一不二，大約一切都是她事先安排好的。此行她給美女軍醫安排一公安幹警。我最煩就是被人指定角色，一切按部就班。我和女軍醫嘻嘻哈哈，偏不聽她的，她很憤怒。

很快就到了吃東西的時間。果然，我並沒有去啃那幾個蘋果，有不止一個美女主動拿東西給我。我感到一切都是那麼美好。

到了預定地方，大夥下火車徒步。路程雖不是很遠，但因為背著帳篷行李，感覺還是有點累。周導和巴蒂在途中拿上了寄存在老鄉家的鍋。背著一大一小兩口黑鍋，拿著另一些大夥吃的東西，他倆比我們辛苦。這也增加了他們在隊伍裡的話語權。對於他倆的咋呼，我們都盡量答應著。

傍晚時分，來到了夕陽下的金沙江。這一段江水果然沒有想像的那麼急和險，但畢竟是著名的大江，長江的上游，江面雖不甚寬，但江水深邃，水量極大。它雖只是默默向東流去，我仍然感到非常震撼。

大夥用河灘上的鵝卵石架起鍋灶，撿來樹枝和雜草點燃篝火，準備燒水做飯。最困難的是到江裡取水。從可取水的江邊到架鍋灶的地方有點遠，我們舀水的家什注又很不得力，要來回很多趟，特別是要光著腳在鵝卵石上行走，腳底板被扛得生疼。

因為之前的嘻嘻哈哈，很自然我被巴蒂罰去取水。來來回回好多趟，也沒把那口大鍋裡的水裝滿。巴蒂還在不住的催。我忍不住嘟噥：「要這多水幹嘛？又不是燒水給妳洗澡。如果是看妳洗澡，我們倒是願意的。」

「李律師，你在說什麼?!」「還不快點，就你動作慢。」

好不容易，巴蒂才說大鍋裡的水夠了，但卻一直燒它不開。大夥只好改用那口小鍋，一直等到大家都吃飽啦，大鍋裡的水也沒燒漲。明明就是水太多啦嘛（肯定語）！

當天晚上，吃飽喝足，大家搭起了帳篷。我的旁邊就是那女軍醫，她帶著小貓頭鷹。搭好帳篷，我先鑽進去感受了一下。趟在帳篷裡，我盡量放鬆身體，然後深呼吸，感覺滿舒服的。這時我看了下表，九點多一點。

突然，我感到整個被人按翻啦！但卻是連帳篷一起。上面傳來女軍醫清脆的笑聲。我趕忙叫道：「才九點多，不用這麼急嘛！」

「李律師，這麼早就睡啦？走，和我們去看星星！」

第二天清晨，我們沿著江邊順流而行。淡淡的薄霧中，蜿蜒的金沙江充分顯現出它柔美的一面。大家一邊走一邊聊，一路歡笑。

在一高處，我們駐足向對面眺望。江的對面就是四川，女軍醫現正攻讀碩士的地方。看著看著，女軍醫的眼神漸漸變得迷離，鳳眼本就很神祕。我不禁問她：「這邊是故鄉，那邊是學校。更想望哪裡？就要開學啦，莫不是有些捨不得故鄉？」

「當然是更想那邊。」她還補充了一句：「這邊已經沒有什麼可留念的啦。」我聽了這話，有些吃驚。

這次旅行沒多久，全國就開始鬧「非典」，尤以北京、廣東為甚。北京建起了的「小湯山」專用醫院，全國許多醫生報名去那抗擊「非典」。在忙亂中，我想起了在重慶讀書的她，估計她會報名。我趕緊給女軍醫掛一電話：「妳千萬要冷靜。」「妳是一個美女，又是一個婦科專家，對我們很重要。」

電話那邊傳來她那清脆的聲音：「你怎麼知道？確實我已經報名啦，但是第二批去！」我只能為她祈禱。

又隔了一段，她終於畢業，「非典」也平息下來。女軍醫給我來一電話：「李律師，我回來了。你讓你女朋友來吧。」

我嚇了一跳。「我並沒有女朋友要看婦科啊？」電話裡我對她說。她哈哈一笑：「那就以後再說吧。」我趕緊叮囑：「謝謝美女軍醫關心。以後若有女朋友來看病，請多多關照；但那不一定是我造的孽嘎。」

這是後話。還是回到金沙江。

因為一路和女軍醫等歡聲笑語，時間過得很快。周導說第二天晚上是在一個村子裡分兩拔搭帳篷，一拔在村子外面的場院（村子裡曬糧食的地方）的空地上；一拔在村子裡空閒的倉庫。

我們組被安排在空閒倉庫。火車上招呼我打牌的兩個美女，小聲給我建議：「李律師，今晚跟我們去場院。」乘周導、巴蒂他們沒注意，我拿了行李就跟她們往場院走。

來到場院空地，剛把行李打開，周導就氣急敗壞地衝到我面前：「李律師，你太不像話啦。無組織，無紀律！女軍醫她們都在說你。」他拎起我的行李就走。我跟在他後面小聲辯解：「民事活動講究自願嘛。」

回到倉庫這邊，女軍醫她們已經懶得搭理我，當晚也沒星星可看。還好已經很累，很快我就進入夢鄉。夢裡我又夢見光著腳去江裡舀水。

第二天早上，那邊邀我到場院去的美女也不理我啦。費了好大力才讓她們轉過來，這才又看她們的美麗笑容，分享到了她們的美味食物。

還是那句話，對美女一定要「瞎母牛吃水，按著一塘吃」。

這次「徒步金沙江」，留下一張全體的合影，膠片拍的。照片上眾人站了一排，皆年輕美麗，笑容燦爛。

「嗯？」

仔細看，女軍醫的腰上有一隻手摟著，但並不像是站在她旁邊女伴的。

像是周導。

誰是大灰狼？

注：家什：雲南話，「東西」的意思。

29

豌豆粉

煮好的豌豆糊冷卻成型，把來切成條狀涼拌，所得便是我們雲南人所說的「豌豆粉」。雲南人把豌豆粉「切」的過程，叫做「打」，這反應了雲南人對豌豆粉的憐愛。

我也會做豌豆粉，別不信。

家裡的豌豆已經磨成了粉，先用清水浸泡它，並攪拌成漿，用紗布把渣濾掉，放置一小時以上。然後放進鍋裡慢慢地煮，期間要順著一個方向不停地攪動，煮至那豌豆成糊沒有豆生味為止。時間不長。

豌豆粉的煮製攪拌，關鍵是要掌握火候。火小了要結塊，火大了容易糊。有點糊是難免的，但要避免鍋底糊得太多，若自然的糊上少許，那豌豆粉的味道特別。「老灶豌豆粉」就是專門用糊了一面的豌豆粉做的，味道很香。

豌豆本身並無明顯顏色，因而豌豆粉本來沒什麼看相。母親曾教我，若要讓這豌豆粉好看，可在裡面放點黃梔粉（一種普通植物，常用做中藥）調色。兩下一摻和，豌豆粉便黃生生的，讓人饞涎。

豌豆粉的頭道吃法雲南人叫「稀豆粉」，便是將剛煮好的豌豆糊直接裝碗。雲南很多地方都喜歡吃這東東，我認為稀豆粉騰沖人做的最好。其正宗的製作工藝比較考究，優質豌豆要泡一晚上，然後使石磨磨成漿，用這漿來細細地煮製。

稀豆粉選薑水、芫荽、蔥花、蒜油、芝麻油、油辣椒作調料，但不一定全都要放，憑你愛好。稀豆粉加油條、加餌塊、加苦蕎絲當然是不錯的選擇；如加餌絲、加米線，略一攪動，碗裡一塌糊塗，雖無看相，但味道卻是極好。

煮好的豌豆糊冷卻成型，把來切成條狀涼拌，所得便是我們雲南人所說的「豌豆粉」。雲南人把豌豆粉「切」的過程，叫做「打」，這反應了雲南人對豌豆粉的憐愛。由於沒有繼續加工的需求，再就無任何添加物。雲南的「豌豆粉」完全是純豌豆的味道，只需要放一點點調料就成。

我喜歡光著吃那豌豆粉，細細品那豆香，也喜歡把豌豆粉油炸來下酒。

省外如四川的涼粉，據說也有用豌豆製作的，但由於還需要加工成薄片、成細條，肯定還要往裡面加些什麼。那粉的味道也就不好說了，或者乾脆就已經沒了味道。結果是那粉必須要放許多沾水調料，搞得又酸、又辣、又麻。也不能說不好吃，香還是香；但已經完全是調料的味道。四川人說吃得就是這佐料的味道。

這和我們雲南人的追求完全不一樣。

30

關檢合併

政治上檢驗檢疫局從來比海關成熟。

深夜，電話鈴響。上級電話通知：「立即凍結人事、財務。海關和檢驗檢疫局要合併！」

檢驗檢疫局那邊傳來的消息：「我們早就做好準備啦。」

對進出境當事人而言，既要報關，也要報檢；海關的查驗，檢驗檢疫也要檢驗；海關為徵稅歸類要抽樣送檢，檢驗檢疫遇到疑問也要抽樣送檢。

雖然有的領導把檢驗檢疫局的工作歸為「技術執法」，海關是「單證審核」；但兩家工作內容倒底像一回事。

檢驗檢疫是由原來的商檢、動植檢、衛檢，「三檢合一」，檢驗檢疫局許多人有雙文憑。

都是口岸政府機構，工作中的配合不錯，兩家也常有各種聯誼活動；但同作為監督管理機關，職責有交叉，兩家免不了也有推卸責任，甚至相互「挖坑」的情況發生。

有一次，檢驗檢疫局請海關處以上幹部吃飯；海關認真通知處以上幹部參加。不料那天的飯局，檢驗檢疫局幹部中有二、三個年輕女士，為首是檢驗檢疫局稱「文祕」的年輕女士。白齒紅顏，長得漂亮。海關的人看得呆了。

這年紀會是處以上幹部？大夥正在疑惑。那幾個美女端了酒杯，笑盈盈地過來給關長敬酒，關長連忙站起來，一仰脖子，把酒一飲而下。接下來該海關的回敬局長了。

關長這一回頭，海關也正好有二個女士過來敬酒，但比較剛才的幾位，年齡相差也太大。這也難怪，混到處以上，臉上的皺紋還少得了？那關長喃喃道：「我們沒有帶年輕美女，只有兩個老美女。」海關這兩個女處長正抬著酒杯準備敬酒，聽了這話不由得一臉尷尬。

那局長道：「海關什麼都好，就是文化上要差點。再怎麼也不能說『老美女』嘛，最多只能稱『資深美女』。」

眾人大笑。

進出口需要檢驗檢疫的東西，檢驗完畢，檢驗檢疫局要給海關出具〈通關單〉。

多年前，由於中國經濟發展迅速，國內對境外生產原材料的需求旺盛。「全世界的廢物都到中國來了」。有人把冶煉過的礦渣當作「精礦」申報進口。這種情況，檢驗檢疫局經檢驗給海關發放的〈通關單〉對海關就尤為重要。

有當事人進口「銅精礦」，檢驗檢疫局發放的〈通關單〉，「當事人申報欄」只填了銅礦的分子式「CuO2」，檢驗檢疫局簽注該貨物「正在檢驗」，但上面並沒有該批貨物的檢驗結果。檢驗檢疫局給海關發了個「半截子『通關單』」。它既怕被指責「阻礙經濟的發展」，也怕當事人把固體廢物礦渣當「精礦」給弄進來。當時進口精銅礦已經有「五種有害元素含量不准超標」的硬性要求。

「究竟是精礦還是礦渣？」為這海關被邀到檢驗檢疫局「聯誼」，實則兩家要理論理論。該局檢驗處女處長單刀直入：「海關的懂不懂檢驗檢疫？」「出口與進口的檢驗檢疫是不一樣的」「出口檢驗檢疫是各項指標檢驗完畢，可以申報出口」「進口則是已報檢，但各項指標正在檢驗當中」「這兩種情況下，檢驗檢疫都可以給海關出具〈通關單〉」。

海關的人臉都聽白了。「不需要出檢驗結果，檢驗檢疫局就可以給海關發〈通關單〉？」「進出口檢驗檢疫可以完全不同？」「海關究竟放不放行？」這不是耍滑頭嗎？

海關去的主要是幾個業務處的科長。「我們海關尊重檢驗檢疫局的技術執法。」「但只要檢驗檢疫出具〈通關單〉，憑『通關單』這三個字海關就敢放行！」「這三個字的文義很清楚，就是『可以走啦』。」我代表海關回應了檢驗檢疫局。

「你們要注意，我們也有學法的，也有法規處。」檢驗檢疫的領導把我們的回應說成是「依法詭辯」。

這事最終雙方達成了共識。隨後在河口、猛臘等方向，雙方聯合對進口固體廢物進行了堅決爭鬥。

在這期間，商務廳主持開會，通報說因為企業不能順利報關報檢，河口山腰「國際聯運站」有十六個車皮的「精銅礦」滯留；只要再有二個車皮，山腰站就完全堵了。商務廳以「影響經濟發展」為由，要求海關與檢驗檢疫放行。

「我們要轉變觀念，我們是支援發展經濟。」「但進出口貨物能不能報關報檢，畢竟是企業自己的事，不是政府的責任。」「進口貨物如果係固體廢物，或者其有害元素超標，便不能報檢通關。這結果該由企業自己負責，誰協調也沒用。」我談了關檢的意見。

「關檢合併」顯然可大大降低各方成本，這合併也不是第一次。發生「非典」那年（二〇〇三年），若不是發生那個惡性傳染病，檢驗檢疫局地位的突然飆升，兩家早就合併啦。那時檢驗檢疫局也已做好了準備，有人開玩笑說檢驗檢疫局「該提的都提了，能分的費用早就分掉了」。

政治上檢驗檢疫局從來比海關成熟。

31

「二皮臉」

還沒說上幾句，我不禁紅了臉。終於把事情說完，我並不好意思急著就走，忙把頭轉向另一邊，裝著看行車的下面。

已經立秋。

連續幾天的陰雨，這天傍晚，天空終於放晴。人們紛紛走出戶外放鬆。漂亮班長在朋友圈曬了自己在雨後河畔柳樹下行走的照片。那照片逆光拍攝。

因為被雨水沖洗得乾淨，畫面上的樹木花草和小橋青石很是亮麗；路上一灘灘的積水，倒映著花木和高遠的天空。周遭的一切，清爽而空靈。

這張照片上，班長只拍了自己的背影，但朋友圈仍有好幾位同學點讚。還有我。

「歲月靜好」教授點評。

這當然是有感而發，眼下持這態度的人也不在少數。它既反映對於時事客觀評價，符合「主流文化」對我們個體的祈盼，也是那種對時光流逝的從容淡定。

班長又發了自己一張正面照片，我連忙在微信上和她開玩笑：「我倒是兩面都讚了嘎」。她回覆：「反正都一樣。」

其實在她的面前，我從來不能從容。

我和她是中學同學。她所在的一班，以她為首，女生長得很是漂亮。我們滿妒忌他們班男生的。為此，我們經常找他們班男生的茬[注]。沒想到上技工學校時我們分在一個班，電工班，女生又多，這回該其他班男生找我們的茬啦。實際情況也是這樣。

說來好笑，當知青回來上學，男生女生的關係已有很大改進，也經常在一起活動，開開玩笑什麼的。但班長似乎比我們懂事得多，她和老師能像朋友相處，特別她長得實在美，我不能直視於她。

技校實習到工廠。有一天，班主任讓我順道通知她開會。此時在車間裡，她正隨師傅們修行車。我倆便在行車上相遇。那行車本來很窄，兩人越走越近，終於站定說話。還沒說上幾句，我不禁紅了臉。終於把事情說完，我並不好意思急著就走，忙把頭轉向另一邊，裝著看行車的下面。

我感覺朝她的一面臉是熱的，另一面卻是涼的。

「二皮臉」。

注：雲南話，「碴」的意思。

32

保費疑案

國有的就只賠一半？當初賣保險時，保險公司並沒有說：「我是國企，財產國有。發生賠付時會不賠或者要少賠。」我認為這是公然耍賴！

32
保費疑案

這一天，保險公司業務推銷員孫平，又找了雲南曲靖翠峰瓷廠設備負責人張軍。耐心地勸說他：「廠裡的地勢確實太低，雨季雨大一點，那幾座瓷窯很可能被淹。還是買份自然災害險吧。」

耐不住孫平的軟磨硬泡，張軍又去找了廠長。廠裡最終同意為地勢低窪的那幾座窯買了「自然災害險」。交繳保費三萬二千元，投保八百萬元。如發生自然災害，保險公司將在此數額內賠付。

說來就這麼巧。第二年的雨季，連續幾天的大雨，廠裡有幾座瓷窯果然被淹。雨一停，廠裡趕緊給保險公司孫平掛電話，請他來勘驗。

第二天孫平來到廠裡，現場勘驗後，孫平表示：「這確實是保險事故。」這次事故定損一百零八萬元。孫告訴廠裡，他將回去負責打報告，給廠裡辦理理賠。

誰料想返回城裡的途中，發生車禍，孫平不幸去世。待事情過後，翠峰瓷廠繼續向該保險公司索賠。

這天，廠裡忽然接到保險公司電話：「我們查了一下，廠裡並沒向保險公司繳保費。」

廠裡很快回覆保險公司：「我們查了，保費確實付過了，當時是現金支付的。」「你們保險公司的『保費收據』就在我們廠的財務科。」

推銷保險，保險公司不遺餘力。遇到要賠付，保險公司則要想盡辦法對抗，盡量不賠或者少賠。這次也不例外。

雙方對簿公堂。

翠峰瓷廠向法庭陳述：「保費我廠已經付了，當時按保險公司孫平的要求，付的是現金。」「『保費收據』就在我們手上。」

「那張收據上面有我們廠長的簽批：『請現金支付』，廠財務科的經辦人也在上面進行了簽注」，「一切清清楚楚」。

「收據在廠方的手裡並不奇怪，瞭解我們保險公司推銷保險的慣例就知道，我們的保單與『保費收據』從來是訂在一起的。一開始就給了他們廠裡。」

「收據在他們手裡，並不能說明廠裡已經付了保費」「公司從來都是要求客戶轉帳支付保費」，「我們在該收據上面專門手寫了『請轉帳支付』」。

保險公司代表如此抗辯。

翠峰瓷廠設備負責張軍作證：「當時保險公司孫平提出，保費錢也不多，就付現金給我算啦，我一併帶回去。」「後經廠長同意，廠長在那收據上面專門批了『請現金支付』。廠財務科照辦，給了他現金。」

保險公司主張：翠峰瓷廠廠長的「請現金支付」及財務簽注，「是案件發生後廠方加上去的」。「孫平熟知保險業務，不可能違反收據上面『請轉帳支付』的簽注，收人現金。」保險公司申請筆跡簽定。

雖由某部委下屬機構鑑定，但由於時間間隔太近，無法確定準確的簽字時間。

本案，翠峰瓷廠的保費究竟付了沒付？還是孫平沒有把收來的保費交給公司？究竟是誰在賴皮？本案證據對誰有利？本案該怎樣判決？

最後的實際情況是，本案經當地高院調解結案，但保險公司只賠付五十萬元給翠峰瓷廠。瓷廠原本不願意，但主審法官發話：「五十萬元可以啦，保險公司是國有資產。」那廠長頂不住法院的壓力，接受了判決。

國有的就只賠一半？當初賣保險時，保險公司並沒有說：「我是國企，財產國有。發生賠付時會不賠或者要少賠。」我認為這是公然耍賴！

這不叫「平等保護」，這是對其他資產的歧視。

33

酸菜紅豆飯

他家的酸菜紅豆飯，就是酸菜紅豆泡飯。先煮好一大鍋接近稀爛的紅豆，新米飯煮好備用。紅豆原本的豆生味（辛味）很重，經酸鮮味的調和，便會產生濃濃的香味。

前些時候，地鐵出口到社區大門的拐角處，有昭通鎮雄人新開一家不起眼的雞毛小吃店。它的招牌小吃是「酸菜紅豆泡飯」。

所用酸菜的做法並沒有什麼不同。本地新鮮的大苦菜洗淨晾乾，用開水燙過，然後用自製的醬料和好幾種辣椒把它拌勻，醃上一整天就成。昆明人稱之為暴醃。這種醃製方法保留了酸菜中的大量水分，吃起來格外爽口。

小店主人是昭通鎮雄的一中年漢子。長著紫色的面皮，牙齒顯得很白，一副驚鹿鹿[注]的樣子。我與他交談，他對自家製作的酸菜相當自信，聲稱就是在老家鎮雄，他家的酸菜也數第一，是他家五叔教他做的。

這家店是夫妻店，他媳婦和他樣子很相像；十來年的相處，相同的生活節奏、工作節奏使然。他們的小兒子也是那種紫色面皮。小兒子已經會幫忙收銀。夫妻倆十分用心地經營著這家小店。

他家的酸菜紅豆飯，就是酸菜紅豆泡飯。先煮好一大鍋接近稀爛的紅豆，新米飯煮好備用。紅豆原本的豆生味（辛味）很重，經酸鮮味的調和，便會產生濃濃的香味。

泡飯用小鍋單煮。一定要往裡面放肉末，就是《水滸》中魯提轄讓鄭屠剁的那種肉末。這是鮮味的來源，非常重要，不然就是寡酸。還要放很多切成丁，高品質的本地蕃茄。

一出地鐵，就會聞到這家酸菜紅豆飯的味道。你很難忍住口水。

這小店還有「酸湯米線」、「酸湯麵」、「怪嚕飯」等特色小吃，但我覺得就是這「酸菜紅豆泡飯」好吃。

這家店現在是店小人多，門口經常加座。

隔著這兩條街，還有家賣酸菜紅豆飯的。

這天妻子拉了我去嚐嚐。

這家的「酸菜紅豆飯」是文山普者黑的做法。與地鐵口那家完全不同，它的酸菜紅豆飯是炒出來的。所用酸菜醃製的時間較長，要去掉酸菜裡的一些水分。這酸菜有點像昆明人的

冬菜，有一股冬菜的醇香，但沒有冬菜那麼鹹。這家的招牌「酸菜紅豆飯」是用酸菜、牛肉絲來炒，還放了油炸花生。乾香醇香的。

所特別不同者，這家鋪子的女主人是個「紅豆西施」，長得漂亮，只是這「西施」一般情況都在廚房裡忙，不時送東西才出來，逗得客人們伸長脖子朝裡面望。也因為這個原因，妻問：「這家與地鐵口那家比較，誰家的更好吃？」無論我怎麼回答，妻都認為是在裝佯（裝蒜）。

據說酸湯飯發源於曲靖富源，但那的酸菜是用蘿蔔絲做的，做得好的酸菜可以拉出絲來！

注：雲南話，「小心警惕」的意思。

34

我的班主任

對於這次打群架，他抵得死死的，就是不同意處理打架的學生。有了這次經歷，此後我們這個班非常團結。

班主任語文老師居多，高一也是如此。

分班沒幾天，我連班裡的同學都還沒認全，這天就有一留級男生與其他班的男生打架。具體為什麼搞不清楚。一夥人直接衝進我們的教室揍那男生。同班幾個男生見狀也就衝了上去，接下來就是一場混戰，場面嚇人。典型的「打群架」。

多數同學站在那裡發楞：「這是哪跟哪啊？」

「班主任來了！」不知誰喊了一聲，來打架的那夥男生即四散奔逃。本班同學們慌忙坐下。

那班主任進得教室來，把手上的本子往課桌上重重一摔：「剛才參加打架的，站起來！」那幾個涉事男生只得低頭站立。

「著啦！」「打群架肯定要挨處分！」我們正暗自慶幸。只見班主任朝那幾個男生揮了揮手：「你們都坐下。」

他轉過臉對著我們：「剛才沒有參加打架的，站起來！」

「你們就這樣站著上課。」他對我們說。

好不容易才熬到兩節課下課的鈴聲響，班主任拍了拍手上的粉筆灰，說了讓我們站著上課的理由。

「你們還有沒有集體榮譽感？歸屬感？人家都打上門來了！」「要是有人打到你家裡來了，你們也是這個熊樣？」「別問為什麼，先把對方打出去，我們再來總結，再來理論誰是誰非嘛。」

對於這次打群架，他抵得死死的，就是不同意處理打架的學生。有了這次經歷，此後我們這個班非常團結。

班主任的語文課上得精彩，特別是古文、古詩詞。他講古文、古詩詞，從來不興看課本。每次進教室，他把那稍長的《語文課本》往桌子上一丟，即侃侃而談。在教室裡他來回裡踱著方步，伴隨他低沉的講解，古詩詞描寫的各種情景：秋水寒煙，曉風殘月；大漠飛雪，胡兒雙淚，一幀幀地浮現在我們的眼前。大家目不轉睛。教室裡只有同學們做筆記「沙沙」的聲音，生怕記漏些什麼。常常是在不知不覺中，下課鈴就響了起來。

他語文教得好有實證。那一年國家教委在全國搞「語文試教」和「英語試教」，分別選了具有代表性的北京和雲南。北京是著名的北京四中，雲南的「語文試教」選中了我們班（簡稱「試教班」）。「英語試教」也有我們學校。

全班同學便一字不差地背誦那些文言文、古詩詞。雖然試教班比其他班少學一年語文，提前一年參加高考，但學生們的成績卻普遍很好。那年高考語文的二十六分古文我是全拿了。兩相比較，雲南的「英語試教」則完全劈得啦[注]。

因受蠱惑，學生時代這位班主任當過學生造反派。他文筆非常好，寫過幾篇批判文章，和多數人一樣，後來下鄉當了知青。恢復高考後，頭兩年參加高考，雖然他自信滿滿，但並沒有被錄取。估計這和他當學生造反派、寫批判文章有關，檔案中對這事有所記載。名校不敢要他。到第三年他只好趕緊報了師範學院。

這段經歷深深地影響著他。他深惡現實中對人的歧視，對國人的稟性也很有認識。他也很喜歡魯迅的文章，我們很受他的影響。

班主任熱愛體育，特別很懂足球。我們試教班藍球可以，但踢足球明顯的不如二班。這年兩班在決賽相遇，都想要拿冠軍。怎麼辦？賽前他組織開準備會，「試教班」男男女女全體都來參加，他講了三條戰術：

——「技不如人，我們集中在自己的半場防守」；

——「積極跑動，對方一過中場地，我方就上去兩名隊員和對方爭搶；一個重點是想法攔住對方，另一個則把球搶下。搶不著就把球直接破壞出邊線，但千萬不要往中間踢」；

——「搶下球就盡快大腳傳給自己的前鋒」。

這三條就是為兩個班量身訂做的，正宗的「防守反擊」、「破壞性防守反擊」。我記得十分清楚。

雖然總體不如對方，但我方也有亮點。我們中場有「狗熊」，這傢伙的腳法可以，擅長控球，特別頭球。他喜歡戴著帽子踢球，並且總是直到要跳起來頂球的一刻，才快速用手把帽沿轉到後面。那樣子很像藝人的雜耍，馬戲團裡的狗熊玩球，故而他綽號「狗熊」。我班的左邊鋒速度很快，其人長得白臉細目，綽號「白關公」。還有守門員也可以。試教班實際暗藏殺機。

上下半場的多數時間，對方一直壓得（著）我們打，他們用各種手段進攻。我方守門員忙得可以。但在我們的糾纏下，他們並沒有能夠進球，拿我們實在無法。相反下半場我方抓住機會，由「狗熊」突然傳球給「白關公」，關公快馬殺到，灌進他們一個！

同學們高呼：「試教班必勝，試教班萬歲！」這場勝利讓同學們更喜歡這班主任了。

因為這班主任「好色」，試教班的女生都很漂亮。他充分利用了試教班可優先挑選學生的優勢。他一邊（一面）翻動學生有照片的表格，一邊對身邊的年級長說：「能考上我們學校的，成績應該都差不多，」「還是讓我們來看看她們的顏值吧。」

「這個要，這個要，這個也要，這個……」

最後年級組長只得出面制止：「行了，行了。你總要給別的班也留上幾個吧？」

改革開放，經濟大潮，這班主任也難甘寂寞。雖然同學們已經結業，他還是糾集原來班上有背景的同學，想法促成了兩個單位的合作，並簽訂仲介合同，拿到了仲介費。但合同的大頭卻被那兩個公司的業務員吃掉了，而且就是以這班主任他們「仲介」的名義拿的。後來這兩個業務員被抓，並被判刑。班主任感歎：「原來街上的人每次涉及該業務，我們都應該有提成，提成遠不止那點。」

那次簽訂了仲介合同，班主任興奮地召集試教班的同學吃飯。因為是頭一次拿支票請客，他有些不知道怎麼點菜，怎麼樣才能把那張支票吃完？當時沒有手機，相互聯繫還很不容易。他把支票押在吧臺上，凡是有BB機和其他聯繫方式的同學，他都聯繫到了，同學還是來得前前後後。眼看前面同學吃得都差不多了，後面的還沒有來。班主任便對飯店服務員說：「就照同樣的，再上來一桌！」

對他的「好色」累有反映，但並無確切的證據。雖然如彼，多年後，學校終於不讓他再教他心愛的語文，但他文筆又實在太好，於是學校決定讓他去寫學校的《校誌》。

注：雲南話，「失敗」的意思。

35

「家養野生」

其實「瀕危野生」就是個噱頭，實際是中國土鱉與泰國洋王八在「叫板」。利益之爭。不關野生動物什麼事。

有一天下班回家，路過華夏銀行門口，見一塊塊[注一]的黑臉漢子，頭戴一頂舊氈帽，蹲在臺階上。在他前面人行道的地縫裡插著一根木棍，上面倒吊懸掛了一隻烏龜！烏龜殼被鑽了個洞，用一根鐵絲穿著。那烏龜不停掙扎，個頭還真不小。

人行道的那邊，另有一騎著電動車的光頭男子，正慫恿路過的行人買那烏龜：「這是野生的，味道好。」一看倆人就是一起涉嫌合夥倒賣[注二]野生動物。

「應該舉報這兩個傢伙！」我緊走幾步，轉身掏出手機撥通了森林公安的電話：「有人在北京路華夏銀行旁邊販賣野生動物，你們快過來看看。」不料對方很肯定地說：「你看見的是『鱷魚龜』吧？那是從境外來的，我們不管。」

「什麼叫境外來的不管？你別跟我胡扯。我國是〈瀕危野生動植種國際貿易公約〉簽約國，瀕危野生植動物，境內境外的都要管。你別矇我！」我訓他。

「我們還是管不了，水裡的東西歸農業漁政的管。」你別說，他真說對啦。陸生野生動物歸林業部門管，水生野生動物則由農業漁政部門管。那森林公安忙著告訴我農業漁政執法的電話。

電話打出去，就等著漁政執法的人過來。

木棍上那扭動不停的烏龜，讓我想起了一樁舊事。

當年昆明舉辦「世界園藝博覽會」，為繁榮市場，搞得熱鬧些，有東西可吃。昆明口岸進口了一些泰國養殖的鱉。上級不高興啦，認為鱉是上了〈瀕危野生動物保護目錄〉的，在別的口岸實行進口管制，要經審批。昆明口岸也應該這樣。

我們專門到了北京解釋這事。「這鱉確實是泰國人工養殖的，人工養殖的洋王八，應該不屬於野生的。」我們申辯。

國家瀕管辦的人強調，〈瀕危野生動物保護目錄〉上面的「野生」，既包括「野外生長」也包括「家養野生」。這鱉雖然不是「野外生長」，但是屬於

「家養野生」。「家養野生」，按規定，龜鱉類動物要經過二百年的繁殖，其後代才不算「家養野生」。北京堅持這泰國鱉是野生的。

清朝滅亡到現在也只有一百多年，按「二百年」的解釋，現在市場擺賣的鱉都沒有二百年的養殖歷史，全部都是「家養野生」？這種認定顯然是不合理，如此實施的進出口瀕危動植物貿易管制不科學。我們申辯，請求有關部門調整規定。

王盡遙／繪

在這之後，昆明口岸偶有泰國洋王八進口。一次聯檢執法隊的查獲了百餘隻泰國鱉，但這批被收繳的鱉被執法隊吃掉一半，餘下部分的運去了貴州，消息被披露。大概執法隊的人心裡也不以為然：「什麼野生鱉，其實就是泰國人養的王八，專供人上桌的。」

洋王八的收貨人不幹啦，訴至法院。「我們吃了瀕危，你們吃就不瀕危？」「不都是香香嘴，臭臭腚？」收貨人的代理律師發問。那場官司好不熱鬧，直接打到了省高院。

為進口「野生鱉」的事有人專門上訪北京有關部門，報紙上還有〈土鼈與洋王八叫板〉的文章。細看內容才知道，當時廣東、福建的養殖戶養的鱉，年把（一年左右）還沒有拳頭大，而進口的洋王八，同樣時間卻長得比巴掌還大。當時的養殖技術不如人，土鼈賣不過洋王八。

於是有中國養殖戶找媒體、找政府有關部門交涉，要求保護「民族利益」。其實「瀕危野生」就是個噱頭，實際是中國土鼈與泰國洋王八在「叫板」。利益之爭。不關野生動物什麼事。

一直不見漁政的人來，看著那隻鱉仍在木棍上不停掙扎，我想無論如何，定它個「家養野生」是沒有問題的。

注一：「一塊塊」是雲南話，「長得壯」的意思。
注二：倒賣，「販賣」的意思。

36

狗機槍

老高對狗機槍情有獨鍾，但煮狗肉總要煮得一陣子，如何確保在這當中，這挺狗機槍不落入他人之口？

老高有他的絕招。

海關駐車站辦事處簡稱「車辦」。這裡離單位本部有相當的距離。

車辦根據列車執行時間排班，凌晨二、三點也會來車，聽到列車進站的聲音，雖睡得懵懵懂懂，也得趕過去查驗，晚了海關的「關鎖」可能被砸。這是我對車辦最初的記憶。

車辦是海關監管業務集中的地方，海關業務現場，在許多方面車辦和單位本部完全不同，有自己獨立的做派。車辦人少，但人少也有人少的好處，工作不必說，四、六個人的飯菜就最好弄，方便大家改善伙食。那時改革開放還沒有多久，人們的口福之欲非常強烈，車辦的又多是中輕年。

蒙自人老高做得一手好菜，經常去幫廚。他燒的葷菜給大家的印象太深：蔥辣魚、涼拌雞、清湯羊肉。做得最好的是黃燜狗肉，他做的黃燜狗肉不用八角大料，放乾辣子、大蒜、花椒、蔥薑。先大鍋寬油地炒那狗肉；然後放上醬和些許桂皮，蓋上鍋蓋燜它。出鍋時還要撒上點大芫荽。滿屋子的狗肉香。

當年在五臺山出家的魯智深，就是聞到這香味，才鬧出那許多事來。

吃狗肉要吃公狗，公狗的那東西叫「狗機槍」。據說這東西大補！老高對狗機槍情有獨鍾，但煮狗肉總要煮得一陣子，如何確保在這當中，這挺狗機槍不落入他人之口？老高有他的絕招。

他用一根細細的麻繩將狗機槍拴在鍋蓋上，放下去與其他的狗肉一起煮。每當掀鍋蓋時，那東西便隨鍋蓋被拉了起來，熱氣騰騰中，並不會被人發現。狗機槍則完全在老高的控制之下。

車辨實習期間，我們到附近買了條黃狗，用車辨的三輪摩托拉回來的。在摩托車兜裡，那狗四肢雖被困住，狗頭卻立著，兩隻耳朵又很直，很像警犬。路人還以為這是去執行公務。

那天的黃燜狗肉真好吃，老高守住並吃掉了那挺狗機槍。

當天晚上，我聽見隔壁老高對人說：「這狗機槍如果被年輕人吃了，指不定會鬧出什麼事來。」

中越邊境恢復海關業務，我去了河口。河口海關在中越幾個關中業務量最大，關領導難免耍起大關主義來，弄得周圍幾個關發怒。那關領導又以「情報共用」，派我們作「親善大使」，力圖挽回影響。那些小關見大關能放下身段，轉而對我們非常熱情，有個關殺了條黃狗來招待我們。

經過一番推讓，那挺狗機槍給同行的一位年輕關員吃了。第二天早上，我們正準備出發前往另一處，大家發現年輕關員的臉腫啦，並且腫得很厲害。小夥本來長得周正，這下臉完全歪到了一邊。這東西還真的厲害。

西雙版納有個風情園，曾經養有一公象，因為發情瞎折騰，不知怎麼牠竟死掉了。州裡正開人代會，風情園把那死掉公象的「總成」煮來給大夥吃，據說不僅煮的時候鍋蓋被頂起來了，吃的人第二天臉全腫啦！

多年後，車辦老高出了問題，是男女方面的。外貿公司一個他熟悉的女士告他強暴，我馬上聯想到，一定是狗機槍惹的禍！

那女子我認識，老高和她關係好呢嘛，外貿公司與海關關係本來密切，怎麼就發生了強暴？狗機槍是直接的原因。

我也陷入深深的懷疑。

早先在工廠當工人，年輕還不懂事。有姓何的師傅與大夥談論起強暴。他認為「哪有什麼強暴」？他自己拿過一個墨水瓶，遞給我一隻筆：「來，小夥子，看沒有我的配合，你能不能這把筆插進去？」他不停地移動墨水瓶，我當然始終無法把筆插進那墨水瓶去。

「拿墨水瓶的人如不願意，拿筆人的本事再大，筆終究是放不進去的，哪有什麼強暴？」他總結說。

對強暴的認定千萬要慎重，除了精神強制與真的使用暴力。

37

昆明後花園

放眼望去，富民被群山環抱，中間是一些不大的壩子。大山的餘脈自然延伸，斷斷續續化作若干奇異的小山，鑲嵌在那些壩子裡面。

人稱富民縣為昆明的後花園，想想還真是這樣。

兩地本就緊緊相連，中間僅隔了一座長蟲山，後又打通了隧道。於是，從昆明到富民，就如同從家中到自家的後花園，只須轉身低頭，過一門洞就到。

富民城邊有個伽峰山，山雖不大，但頗高且陡，形似春筍。若是在過去，你站在上面就可清楚觀看富民全景。

放眼望去，富民被群山環抱，中間是一些不大的壩子。大山的餘脈自然延伸，斷斷續續化作若干奇異的小山，鑲嵌在那些壩子裡面。壩子裡泛著金黃色的麥田和深綠色的林地。滇池的水經螳螂川由此地慢慢地流向金沙江。

富民山脈、田園、河流的交織非常精巧旖旎，宛如高人的園藝作品。

因為離昆明很近，但凡有事，人們會先跑到「後花園」躲一躲，避一避。抗戰時期，日機空襲昆明，西南聯大的師生就近疏散到富民，躲避轟炸；雲南大學的學生與校方鬧意見，最先也被鼓動到這裡，從這裡開始了反叛。富民的周邊山大，還很適合打遊擊。據說當年「邊縱遊擊隊」就在富民大煤山一帶與國軍周旋。從這裡可以很方便向嵩明、尋甸等地轉移。

作為後花園，就應該有種植和養殖業。昆明的蔬菜、水果有一部分出自這裡。每逢楊梅、草梅等水果成熟，昆明人常自駕車到富民嚐鮮。

生豬和山羊的養殖應該是它的強項。富民羅免青松嶺飯店的清湯羊肉很有名。它是用相鄰祿勸縣所特有的黑山羊做的，並無多少膻味。這羊肉實際是「回鍋羊肉」，雲南人叫的「羊肉湯鍋」。羊肉先煮好撈起，待客人來時再切片放回湯裡，撒上些蔥花、芫荽，最後澆上熱油熗之！

可先喝羊湯。羊湯撒上些細碎韭菜，很香。如敢吃新鮮羊血，師傅會用酸醋、蒜泥、紅辣椒來拌，味道也極其鮮甜。只是您的樣子恐怖，滿嘴血紅。如果你不計較的話。

在富民的赤鷲，原先可以吃到野生「石蹦」，一種生長在山間小溪裡的蛙類。石蹦又名「抱手」。繁殖季節，你若把手放到溪水裡，覺察到動靜和溫度變化，這小東西就會跳出來緊緊抱住你的手。石蹦的一生都在清冽的山泉裡生活，把來做清湯最妙。

為保護野生動物，我實在不應該寫它，很怕讀者聞聲去尋那野生石斛。所以請注意我是說「原先有」，這東西現在肯定已經沒有啦。

富民的旖旎景色，架不住人們搞工業，發展經濟的嚷嚷。早在上世紀九〇年代，富民就已經建起了水泥廠。水泥廠的建築與周圍的景色極不和諧，這直接反映到了該水泥廠的內部關係上。水泥廠曾經的書記看不慣曾經的廠長，廠長更看不慣那書記，兩人最後鬧到了水火難容的地步。書記開除廠長的黨籍，廠長則開除書記的廠籍。「你不讓我過政治生活，我讓你吃飯都成問題！」

那陣子富民到處找礦建廠。富民的新民硬搞了個「新民煉鐵廠」，但那鐵礦品位實在太低。上面的大領導竟強制昆鋼（昆明鋼鐵公司）合併它。「你如若真想當昆鋼領導，這是必須的」。

再到後來，因為離昆明近，富民搞起了房地產開發。富民的壩子裡、山坡上，一座座高樓被豎了起來。自然的柔美直接被斬斷，被遮避。

春筍一般的伽峰山前面，居然建起了叫「尚島」的社區樓盤。它將伽峰山圍住了大半。人們要在社區裡面才能找到通往伽峰山的路徑。那高樓完全阻斷了人們視線。

人們的腦子進水啦？

可悲的是當地五套班子開大會，仍然在講「建設好昆明後花園」。我真的是扼腕，躁得發慌。

好在這些建築並不會永存。記得有一部片子，講的是沒有了人類，幾十年、幾百年後人類痕跡也終將消失；當然也包括這些建築。我期盼這時光的到來。當然用炸藥也行！

也許這過程已經開始？曾經囂張的富民「龍騰山莊」已經廢棄，變成了一間苗廠（種苗廠）……

38

檔案丟失

平時大家關係是那麼好，他實在不願意組織大家「相互檢舉揭發」。迫於巨大的壓力，希奇「主動離職回家」，這年他只有四十六歲。

38

檔案丟失

吳磊的檔案丟失。

從部隊退伍後，吳磊被安排到基層單位馴犬，一年後吳自行離職，他自己聯繫調動到地州公安，說這裡能離家近些。後來吳磊回到單位反映，說對方並沒有收到他的人事檔案。

雖經多方查找，吳磊的檔案竟不知去向。很奇怪，和他一起退伍來的另外兩人，檔案材料倒是都在。吳磊多次前到單位交涉，但問題一直沒能夠解決。這事該怎麼辦？單位再次討論吳磊的問題。主要領導直截了當的批評了我們：「你們真笨，就不要承認收到過他的檔案嘛。」眾人著實吃了一驚！領導就是領導，能想敢說。

個人檔案記載的是個人事項，檔案內容與個人密切相關，但檔案的所有權不屬於個人。檔案保管、移交等的責任全在用人單位。我等難逃法律思維的限制。主要領導之所以敢這樣說，也有他的道理。原先很長一段時間，軍隊就老大，部隊團以上機構有權直接移送個人檔案，加上單位之間檔案移交存在的問題，情況比較混亂。

後來主要領導換了，因為不是他自己任上出的問題，我以為有可能解決事情。專題研究會上忍不住我講了實話：「這事看樣子由單位賠償難免，應該是賠多賠少的問題。」主要領導聽了很不高興。

吳磊向單位反映，由於他沒有人事檔案，用人單位都不敢要他，自己只有回家務農；因為沒有檔案，也無法證明自己曾參加過對越作戰，這麼多年自己也不能享受國家發給的專項生活補貼。這事件對自己的影響很大。

這年吳磊再一次找到單位，聲稱如果再不解決他的問題，給他安排工作或予以補償，他就要把自己生病的母親及媳婦帶到單位來，或者拉一車炸藥來。

都怕承擔責任，單位勸說吳磊去走司法程式——向法院起訴，讓法院去判決。該賠多少賠多少。按國人的習慣，下一步單位可能會去找法院的人溝通。

這天中午在單位食堂吃飯，後勤保障中心的史力坐我對面，兩人談起這事。我告訴他「正在打官司」，他突然正色並指著我說：「這個官司若你也能贏，我們國家就不會有法治啦！」

我不禁細看了這傢伙。我倆一批進的單位，歲月已經將他的頭髮徹底磨光，只剩下一顆光禿禿的腦袋。史先生在基層待了多年，在單位處室也幹了很久，閱歷豐富，其為人堪稱老道。平時遇事比誰都滑，說話總是繞山繞水，面面俱到，總讓人有些不知所云，但這回他可是一針見血，充滿正義！

在法院的主持下，最終由單位給吳磊幾萬元作為檔案丟失的補償。雙方調解結案。吳磊給單位寫了一保證：「爭議已案結事了，本人保證從今日起不再以任何方式提出任何要求，如違反本保證，願承擔法律責任。」

我心裡嘀咕，他若再來找單位，會有什麼樣的法律責任？

「想要徹底了結此事，你們應該多賠點，頂著上限賠嘛。」我的一個朋友，聽說了這事後這樣評說。

聽說吳磊又來單位了。

所知道的檔案丟失，最為淒慘的是希奇案件。

「希奇」就是「珍貴」、「不一般」的意思。起這名字意味著雖然特別，但其命運必異常坎坷。現實情況也正是這樣。

上世紀五〇年代，因工作出色，希奇被評為全國「一等一類」先進工作者。按當時的獎勵辦法，他到北京朝見偉大領袖，但他回來時卻正碰上全國轟轟烈烈的「反右運動」。其所在科室分配到了「右派」的具體名額。科室要按人員比例劃定「資產階級右派」。

如何產生這些「資產階級右派」？首先按要求要組織科室的同事相互檢舉揭發，看誰存在「右派言論」，然後再由組織來劃定。多麼荒唐殘酷的辦法，多麼可怕的時代！

通過檢舉揭發產生「右派」，這是「反右」中的「重大政治任務」。希奇同志一連很多天不能入眠，消瘦得厲害。他看看這個，瞧瞧那個。平時大家關係是那麼好，他實在不願意組織大家「相互檢舉揭發」。迫於巨大的壓力，希奇「主動離職回家」，這年他只有四十六歲。

不肯檢舉揭發他人，往別人身上潑髒水來完成「政治任務」。若按正常道德標準衡量，他是一個多好的人啊！這樣的人應該有好報才是天理。

離開單位後，在昆明書林街與後心街交叉處，他開了一小小的甜品店。專營「調糕藕粉」、「豆麵湯圓」等本地甜食。我吃過他當面製作的調糕藕粉。

他用一把長嘴舊銅壺裡的沸水，分兩次沖那新鮮藕粉。調出的藕粉不稀不稠，漂亮藕色中游離著絲絲玫瑰和紅糖的顏色。藕粉中放著一塊剛蒸好的三色米糕，撒有爆香的碎松仁。米糕的顆粒感特好，吃的時候一摻和，調糕藕粉軟糯而有嚼頭。

身處瘋狂可怕的年代，遇如此的不幸，他竟然可以做出這般滋潤的甜食，真真難得。

上世紀七〇年代希奇病逝。十一屆三中全會後，他妻子和女兒多次找到單位，要求並落實政策。但在這關鍵時候，希奇檔案卻也找不到啦，也不知是怎麼丟的。

經過歷次政治運動，受迫害的人實在太多，國人對此大多已經麻木。反正單位沒有他的檔案，單位上並沒有給他戴「右派帽子」，他是自己辭職離開單位的。不存在「摘帽子」、「平反」，落實政策的問題；況且這筆帳還可以算到「反右」、「文革」或「四人幫」頭上。

不僅沒能落實政策，原來希奇夫人及女兒住在單位，單位的人還以「拆遷後重新安置」為由，將娘倆哄了出去，之後便不再安排其住房。理由還是沒有他的檔案，無法證明他是單位的人。

多麼淒慘的故事。

39

喝多啦

「這家館子生意真不錯，連廁所裡面都擺了兩桌。」

今天這家飯館的菜，味道真不錯。大家的話題又格外投機，老黃不禁喝得酩酊大醉。

還是以往風格，他自己堅持去廁所方便，拒絕人扶。不一會他跟跟蹌蹌回來，按著我的肩膀說道：「這家館子生意真不錯，連廁所裡面都擺了兩桌。」

話音剛落，我一抬頭，見一夥人直衝進我們這間包房，要揍老黃。我們趕緊拉住他們，並問為什麼？為首的人大聲道：「這傢伙喝多啦，把我們的包間當廁所。進門撈出東西就整。」

我趕忙勸他們：「對不起，對不起！他喝多啦。」「打不得，他是局長，我們領導。」

40

童工

重要的是我們能不能憑直覺，敢於憑自己的良心說話。

這天傍晚在騰衝吃晚飯。在網上我們搜尋了一家「牛肉火鍋」，它離我們住的地方還不到二公里，我們是步行到那。

到了那火鍋店，時間有些晚。點菜後，我們等著店家給我們配菜。我原以為這又是很平常的一餐；店家已經開始收拾旁邊那些沒人的桌子。

沒想到是一小女孩快步前來收拾。她也就四、五歲的樣子，穿一件小小的短袖方格襯衫，外面繫著一籠白邊的紅色圍腰。圍腰很長，把她襯衫以外的地方全都給遮住了。那樣子很是專業。

開始我還以為她是偶爾前來幫忙，弄著玩的。

「瞧這小女孩。多可愛！」

她先收拾杯子、筷子，動作相當麻利。後面收拾到碗碟，她兩隻手能同時拿住六隻碗！使勁拖動裝碗碟的塑料容器，用力把金屬儲物架移動到牆邊。小小身體讓人揪心。

怎麼就一直不見大人來？看樣子小女孩真不是偶爾，不是弄著玩的。

「這完全是童工嘛！」

「這小孩莫不是撿來的？」同伴低聲道。說完這話我們抬眼望去。餐廳的另一頭，只見有一年輕婦女正在教一男孩讀書，那男孩八、九歲，長得很胖，臉蛋紅樸樸[注]的。

趁女孩得空，同伴把小女孩拉到身邊，小聲問她：「小姑娘，那邊那倆個

是誰？」

「媽媽和哥哥。」女孩道。

聽了這話，同伴的大眼睛立即竄出了火苗，禁不住一眼一眼地瞅那對母子，眼睛就像火焰噴射器一般。

「妳當媽的就該妳自己來收拾。」「妳就不能讓他倆先一起收拾，然後再一起讀書？」「這哥哥就是一坨屎！」那同伴道。

「他們是自家人。」另一同伴在旁喃喃勸說。

「家裡人就可以這樣？就可以這樣用童工?!」她憤憤然。

究竟有多少人會關注這「童工問題」？我們決定打賭。

我在微信朋友圈裡發了小女孩收拾碗碟的照片。為隱蔽觀察，我同時發了「田邊老牛」、「農家飯館」、「秋色水塘」、「陶罐蘭草」，把女孩照片穿插其中。

果然，朋友很多都注意了這組照片，但幾乎全都是點讚的。一朋友歸納：

「不僅需要燈紅酒綠的繁華與喧囂，更需要田園牧歌的質樸和寧靜。」有外藉華人朋友發言：「給是（是不是）『為人民服務』」點讚叫好。

只有李醫生和勇羊看出「童工問題」：

「很有特色的照片（讚），怎麼還有兒童工（捂臉）？」「又用童工！」

李醫生善良，眼睛裡充滿慈祥。勇羊從來聰明，善於發現問題。

重要的是我們能不能憑直覺，敢於憑自己的良心說話。

注：雲南話，「紅通通」的意思。

41

鎖莓

這東西自然生長，比人工種植的要小很多，但它的味道卻讓人難以忘懷，特別是那些從困難年代走過來的人。

雲南多山。

村子後面向陽的「貓貓菁」（有水的山溝），常常生長一種野生的「草莓」。我們叫它「鎖莓」。

這東西自然生長，比人工種植的要小很多，但它的味道卻讓人難以忘懷，特別是那些從困難年代走過來的人。

水塘邊、田埂上也會有這種莓子。

鎖莓的果肉由很小的泡泡組成。它似無核，只有一些細細的子子（很小而硬的顆粒）。我的記憶中鎖莓有紅的和黃的兩種。紅的略大，味道要甜一些。最初它是粉紅色的，隨著它的生長，顏色越來越深，最後變成紫紅色或黑紅色。

黃色的鎖莓微酸，那酸甜味特別的爽口。說到「鎖莓」人們多半想起的是這黃鎖莓的味道。黃鎖莓也叫做「黃泡」，金黃顏色，長得十分誘人。

鎖莓長在荊棘當中，上面的刺非常尖銳，且帶彎鉤，很像魚鉤。若被它鉤住是掙扎不掉的；布滿的尖刺讓你很難摘到鎖莓。鎖莓越是長得好，刺就會越多。這讓摘鎖莓的人著急上火，雖然頭手都已經伸到了極致。

有時只有牧羊人才可以吃到這酸甜貨。倒不是因為牧羊人的皮厚不怕刺，而是牧羊人會把遮風擋雨的蓑衣和羊皮，往荊棘上一放，擋住那些尖刺，然後再去摘那鎖莓。

鎖莓這東西很不經事，隨便一碰就會壞掉，又特別惹蟲蠅。所以鎖莓一摘下來，就要直接送進嘴裡，這樣味道才最好。如果先放容器，那味道就完全兩碼事。

少年時經常跟著我們的一個小女孩，有自己的鎖莓保鮮辦法。她用小蒿枝把剛摘下的鎖莓，一顆顆地穿起來。一串串的拿著。這樣鎖莓就不會被壓壞，又沒蟲蠅叮咬。保持了鎖莓的新鮮。

生長鎖莓的荊棘叢，會被各種小動物利用。小孩攆起的鵪雞（本地一種山雞）經常飛快地鑽進裡面，伏在裡面一動不動。鵪雞顏色麻花，動作又實在太快，小孩的眼神雖好，也實在看不出那鵪雞究竟是鑽進了哪一篷？

那小女孩的爹卻多次逮到過鵪雞！他爹是當兵出身的，身手敏捷，是那種可以把麃子攆得吐血的人，但他也可能是用了什麼武器？只是我們沒看見。

鵪雞肉太香啦！

每年三、四月是鎖莓成熟的時候。

我又想起了鎖莓的酸甜，還有那鵪雞的味道。

42

酸枝案

當司法的結論與交易慣例相衝突時，應該服從交易慣例。這規則被稱為「黃金規則」。

「我要的是老撾紅酸枝，他賣給我的有相當一部分卻是緬甸白酸枝。」北京人向法官陳述。

同為紅木，老撾紅酸枝比緬甸白酸枝要漂亮、貴重許多，價格也要高好幾倍！

北京人向法官舉證：

賣方雲南人給他出具的〈收款收條〉，上寫：「收到紅酸款一百七十八萬元」；北京某木材檢驗所的〈檢驗報告〉，其檢驗結論：「送檢物為緬甸酸枝。」

法官把臉轉了過來，看著雲南人。

「我們店裡只是標了：『出售酸枝木』。」

「北京人來時我就已經專門給他講清楚，我是幫人臨時照看，我也確實分不清具體是什麼酸枝，需要客人自己挑。」「為此我還專門給了他一把斧頭，讓他自己去挑。」「那些木材全部是他自己挑出來的，他現在是反悔啦。」

「那張〈收款收條〉是事後補的。」「過了一陣，這北京人找到我，對我說生意雖然做完了，但公司要用『收款收條』做帳，」「我是按他要求的內容給他開的，」「他是為了打官司來取證。」

法庭上只有〈收款收條〉、〈檢驗報告〉和那把明晃晃的斧頭。雙方並沒有木材〈買賣合同〉。

法官眨巴眨巴眼睛。

雙方當時究竟是如何進行交易的？木材交易確有「自己辨識」的方法？究竟是雲南人違約還是北京人反悔？法官該怎麼判？

此案，一審北京人贏，二審雲南人勝，北京人還一直在申訴。

民商法執法的目的之一是保護和促進交易，反對欺騙與反悔。如果木材交易真有「自己辨識」的方法，便對雲南人有利。當司法的結論與交易慣例相衝突時，應該服從交易慣例。這規則被稱為「黃金規則」。

43

箱子和血壓

對這代人來講，讀書學習最重要的一段，正趕上十年浩劫。打開書本，這才發現自己雖名為「知青」，但幾乎什麼都看不懂，只有極少數的人看得懵懵懂懂。

我們那批下鄉知青，除了每人一柄鋤頭，所屬單位還每人發給一個紅色的大木箱。當時發這種箱子的不光我們集體戶。

這木箱本是農村人結婚裝東西用的。紅色的底漆上寫了知青響亮口號：「扎根農村幹革命，廣闊天地練紅心。」並伴有手繪的黃花綠葉。但那黃花綠葉畫得實在太差勁，而且都是一個樣式，箱子倒是漆得很厚實。

這紅木箱便成了我們集體戶知青的標配，它就放在知青的床頭或床腳。除去睡覺的鐵床，我們也只有這件屬於自己的傢俱，所有私人物品只要裝得下，都會往箱子裡面放，但知青幾乎什麼都沒有，因而箱子大多是空的。只有個別例外。

同宿舍的一個知青，他的箱子倒是有些內容；他是知青選出的副戶長，分管知青伙食。大家認為他行事老道認真，常常一副不動聲色的樣子。他的紅箱子一直用一把鐵鎖牢牢地鎖著。

有一天他的臉色突然難看起來。原來他發現他的箱子被人撬啦！丟失了一些飯菜票和菜金。我們宿舍住著七、八個知青，大家通常都是一齊活動，宿舍裡經常有人。嫌疑人是很可能趁全體出工時候下的手？但我們集體戶有近六十號人，一般總會有人在，嫌疑人多半會被發現蹤跡。

究竟是誰幹的？

學福爾摩斯探案，當天晚上我們宿舍進行了案情分析。多數人首先想到是那幾個調皮搗蛋的知青。不料「木匠」卻突然說出了嫌疑人名字，並且說得很肯定。

「我知道是誰幹的！就是ＸＸＸ。」但他並沒說自己是怎麼樣發現嫌疑人的。這嫌疑人平時可是道貌岸然。

誰也沒想到此時嫌疑人正躲在樓下偷聽！

「木匠」是從易門轉到我們這來的，他一來就說自己會「木活」。我們暗笑，據此分析，他原本是個回鄉知青（農村青年上完中學回自己家鄉插隊）。雖身體格外壯實，但他卻是個公鴨嗓。心眼也很細很細。他給集體戶的見面禮很有意思。

他為集體戶那口大鐵鍋做了個鍋蓋；當下集體戶正缺鍋蓋。鍋蓋做得倒是很扎實，但知青都嫌它太重，拿不動。木匠偏說不重。他單手就能輕鬆拎起那鍋蓋，跟擺弄玩具一般，其他人則雙手都難；女知青更要站到鍋臺上用力才行。因為太重，那鍋蓋不是蓋上去的，而是砸上去的！當然很快鍋蓋就給砸爛了。

大家都記住了這事，並給他起名「木匠」。

「木匠」塊得很[注一]，如果單挑，嫌疑人根本整不過「木匠」。那廝靈機一動，便編筐鬧毛[注二]地挑唆同宿舍的知青，說「我們是懷疑他們整個宿舍」，盡量把水攪渾。第二天早上那個宿舍的知青直衝我們宿舍。眼看雙方就要動手打群架。

「誰告訴你們的？」情急之中我問。

這大概是處理這突發事件的關鍵。聽了這話，大家不自覺地把眼光都投向了那嫌疑人。

「箱子被撬事件」在集體戶引起好大一場風波。這是我首次接觸案件，而且是刑事案件！好在事情沒有鬧開。

那紅箱子最為突出的用途，還是當桌子讀書寫字。

知青把箱子放在床上，在床上盤腿而座，披上一件軍大衣，在那認真讀書。這是當時的知青文藝的經典擺設。作品中的知青正捧讀領袖著作，兩隻眼睛賊亮閃光，一副豁然開朗的樣子。其實知青是無桌子可用，只能用箱子替代。對未來更是無限地迷茫。

忽然傳來恢復高考的消息，大家都心動起來。

於是乎，文藝作品的擺設便成了真實場景。大家真的開始用那桌子溫書寫字啦。但很快多數人就傻眼啦。對這代人來講，讀書學習最重要的一段，正趕上十年浩劫。打開書本，這才發現自己雖名為「知青」，但幾乎什麼都看不懂，只有極少數的人看得懵懵懂懂。

「向『四人幫』討還青春！」便成了那時最給力的口號。大家都開始惡補文化！但多數人還不敢跑回家溫習，生怕「表現不好」生產隊不推薦，「政審」通不過。我們幾個是晚間就近到公社中學補習。

那裡的教室被擠得水泄不通，窗戶上都貼滿一張張渴望的臉。有文藝作品

表現這「討還青春」的場面，很是令人震撼；那其實是對文化專制的血淚控訴。

我好不容易才擠進教室，在講臺前面搶到一個位置，緊挨著講臺我們席地而座。從來沒有感覺老師的形象這麼高大。

那老師一邊真誠說教，一邊習慣性地拍手上的粉筆灰，並仔細地用嘴吹。於是，坐在講臺前面的我們幾個，便成了京劇中的白臉。

對大多數人而言，喊口號容易，惡補文化其實無用。十年浩劫，十年的耽誤，並不是那容易「補」得起來的，除非真有什麼辦法，如家裡有人當官，掌握資源，知道調動幾個老師專門給你一人補課，或者乾脆就認識「招辦」的人。更多知青只能去當兵、當工人。

也有例外。集體戶有個叫費雲的男知青，頭一年沒有考上，又堅持惡補了一年，箱子頂上的油漆全都給磨光了。第二年他還真的考上了。但體檢時，他的血壓卻怎麼也量不起來。任憑費雲喝開水跑步，攥拳頭鼓勁，什麼辦法都用上了，他的血壓就是衝不上去。

醫生提筆要給他寫檢查結果。

「醫生，我這一生人（一輩子），就決定在你這幾個字上。」費雲道。

醫生故意說：「不會吧？」

費雲道：「真的。」

那醫生提筆在那表上格寫了「合格」兩字。

費雲被南京郵電學院錄取。

注一：雲南話，「結實有力」的意思。

注二：雲南話，「編瞎話」的意思。

Eating_尋味 02

聞香識味

作　　者：李夏
主　　編：林慧美
校　　稿：尹文琦
封面設計：好春設計．陳佩琦
美術設計：邱介惠

發行人兼總編輯：林慧美
法律顧問：葉宏基律師事務所
出　　版：木果文創有限公司
地　　址：苗栗縣竹南鎮福德路124-1號1樓
電話／傳真：(037)476-621
客服信箱：movego.service@gmail.com
官　　網：www.move-go-tw.com

總 經 銷：聯合發行股份有限公司
電　　話：(02) 2917-8022　　傳真：(02) 2915-7212
製版印刷：禾耕彩色印刷事業股份有限公司
初　　版：2021年1月
定　　價：380元
I S B N：978-986-99576-0-1

國家圖書館出版品預行編目(CIP)資料

聞香識味／李夏著 . -- 初版 . -- 苗栗縣竹南鎮：木果文創有限公司，2021.1
272 面 ; 14.7*21 公分 . --（Eating_ 尋味；2）
ISBN 978-986-99576-0-1（平裝）

1. 散文

855　　109018437

Printed in Taiwan